愛無饜

林郁庭 著　歐笠嵬 圖

contents | 目錄

蔬果齋誌異

蔬果齋誌異

—— 飲食男女A-Z

說個故事給我聽⋯

和D交往了一陣子，激情逐漸平息下來。

從法國帶回來的惡習之一是開胃酒與小菜，真的遇上了對手，則不知開的是哪個胃口。我們在窗邊擺了個小咖啡桌，飯前常常兩個人開瓶酒對酌，配著醃橄欖、義大利香腸；奢侈點兒，我會叫他買瓶香檳帶來，慣有的菜色外再加上一盤鶯紅柳綠的水果，然後，坐在他腿上把草莓一顆顆送到他嘴裡，或是要他拿櫻桃餵我。兩人的眼神笑語在香檳泡沫之間交錯，情慾隨它盤旋上升，不須多時，那兩個香檳杯便冷落在桌上，而我們已經在床上繾綣。現在，他還能耐到吃完晚飯以後，兩人稍事休息，相敬如賓地推讓著浴室的使用權；等到所有的儀式都結束了，爵士音樂低低的旋律中，在彼此身畔躺下來。

感覺上像是泡了一會兒的茶，不再燙口，卻不失其甘醇。

就是這個時候，他開始要我說故事給他聽。我說你要聽什麼故事嘛！他說妳是小說家，一定滿肚子的故事，說個我聽聽。我說我最會製造場景營釀氣氛，但是叫我編故事，一時編不出來。他說這樣好了，我給妳提供一個故事，妳來想細節：故事發生在巴比倫時代，巴比倫的公主愛上一個奴隸，要有懸疑刺激浪漫的情節。我先去洗澡讓妳好好想一想，出來妳再講給我聽。

我再怎麼想就是沒辦法把這故事的陳腔濫調轉化爲神奇，自己也想不出更好的故事；最後，當他從浴室出來時，我拿了薄伽丘（Boccaccio）的《十日譚》（*Decameron*），開了床頭小燈，念了一個猥褻異色的故事，然後兩人在嬉鬧中做愛。可是《十日譚》大部分的故事都太長了，念完二十頁可能還要喝口水才能上床，而且並非隨時都是聽黃色笑話的心情；所以我們開始找情色小說裡的露骨描述，卡沙諾瓦回憶錄的片段，沙赫馬梭克（Sacher-Masoch）《裹著皮草的維納斯》（*Venus in Fur*）哀愁的憧憬偏執作爲睡前故事的題材。床頭那盞燈在入寢時分都是亮著的，不是我戲劇性就是他溫柔低沉的聲音，講著今晚的故事。

伊莎貝拉·阿言德（Isabel Allende）在《春膳》（*Aphrodite*）裡提到故事的確是很好的催情劑，還引用她小說的一幕烘托那情境。在那個場景裡，男女主角剛做過愛，正互相依偎著休息，男人告訴女人，他想起了以這個題材所作的一幅畫，而在畫中：

男人的眼睛閉著，一隻手放在胸膛，另一隻手在她大腿上，是一種親密的共犯關係。那個鏡頭是一再重演而不會改變的：男人臉上永遠是平靜的微笑，女人永遠那麼慵懶，床單的縐褶永遠一樣，房裡陰暗的角落，從同一個角度照著她胸部和頰骨的燈，以及永遠那麼纖巧滑落的披肩與黑髮，都是一樣的姿態。

我每次想到妳，看到的就是這樣的妳，看到的就是這樣的我們，永遠凍結在那畫布上，超越消褪的記憶。我會花上難以數計的時間想像我也在那幅畫裡，直到感覺自己進入那圖像的空間，不再是個觀察者，而是躺在女人身邊的男人。整個畫面的平衡就此被破壞，我耳邊也響起個聲音。

「說個故事給我聽。」我對著妳說。

「說什麼故事？」

「說個妳從來沒告訴過別人的故事。為我編一個故事。」

看到這兒，已經在我生命中完全消失的D突然又浮上心頭，那個原本在我消褪的記憶裡逐漸磨滅的面孔和笑容，再次無比清晰地出現在眼前。我終於知道自己失去的是什麼。始終沒有那個勇氣告訴他自己編的故事，希望呈現給他的永遠是個完美的形象，所以無法忍受一個平庸的故事。我因而永遠期待著某天那個完美的故事能自己出現，到那時我會多麼欣喜地與他分享，而在這之前，就讓我先告訴他別人編出來的完美故事吧！

於是，我這生註定不再有機會在枕邊低語著我爲他編的故事。

而你，我的讀者，在這裡看到的是我所想像的，可以在曾有的寂靜夜裡，爲他編出來的各式各樣的小故事。它們都不長，念完一個故事，熄了燈，還能有充分的時間與空間，在枕畔等著你的那個人懷裡，寫下另一個動人的故事。

Asparagus 蘆筍

A小姐滿心愉悅望著堆得滿坑滿谷的蘆筍，不管是晶瑩如玉的白蘆筍、鮮翠碧綠的青蘆筍、還是標新立異的紫蘆筍，那一根根從水盆裡探出來爭相向她打招呼的可愛頭兒，吱吱喳喳此起彼落地喧譁著，「買我吧，買我吧！」她倒覺得爲難了，選哪個好呢？

即使是同樣的青蘆筍，也有細如鉛筆和粗如水管者。最後她選了粗的，倒不一定因爲粗大便是美，只是純粹好奇，想知道這比台灣超市標榜的「原裝進口美國蘆筍」還大好幾倍的蘆筍，究竟是如何地美國原味。

她沒有趁鮮馬上烹煮。想起在台灣超市這種使土產蘆筍黯然失色的進口蘆筍天價，讓她決定絕不能辜負這蘆筍，雖然在美國超市裡它是難以想像的賤價，無論如何她得想出別出心裁的精緻烹調法，好好提昇蘆筍的美味才行。她告訴室友今天買了新鮮蘆筍，只得到不甚熱絡地，「哦，是季節了嗎？」A小姐對如此冷淡的反應

大爲不解。

那天晚上，她翻出所有食譜，參考任何蘆筍建議食法，在蘆筍湯蘆筍沙拉蘆筍通心粉蘆筍雞蘆筍慕斯間神遊，心悸不已，看到情動之處，忍不住跑到廚房打開冰箱，想看看她可愛的蘆筍晚上是否睡得好。出乎意外地，她的蘆筍居然不翼而飛。

她以爲自己眼花了，或者記錯地方，翻箱倒櫃徹底搜尋一遍，還是不見芳蹤。那天她睡得不太好，想著今天在超市和蘆筍的邂逅與定情，難道只是春夢一場？

第二天悵然若失地打開冰箱弄早餐，正想著再去買一把吧，赫然看見蘆筍從冷藏櫃裡對她展露笑顏。她把它們拿出來，一根根數，一根根檢查，並沒有任何異狀。

從那時開始，她發現她的蘆筍必定在晚上消失，白天又安然無事回到冰箱的寶座。這到底意味著什麼？難道蘆筍染上了夢遊症，晚上會自己打開冰箱在她們兩人的小公寓四處探險嗎？

A小姐一向尊重個人隱私，從不過問室友的生活，或趁她不在進她房間翻東翻西；但這次，她覺得事出蹊蹺，有必要好好研究一下。於是等室友前腳一走，後腳

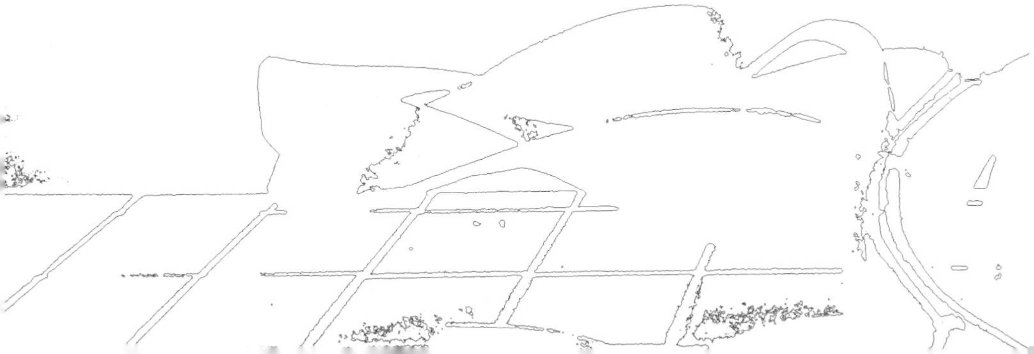

就溜進她房間。

室友大學念的是美術系，這個斗室曾經堆得到處都是顏料彩筆畫布畫框。自從她在室內設計公司找到了工作，那些可以讓她想起八歲塗鴉年代開始有的畫家夢想的道具全收得乾乾淨淨，只留下牆上還吊著幾幅名字簽得大大的名作。A小姐環視一周，沒看到可疑跡象，只發現桌腳字紙簍好像塞滿了垃圾。

她走近一看，大多數是素描紙，上面繪滿了大大小小各種角度各種形狀的蘆筍，心下當場釋然。早說不就好了嗎，也不用害她擔這個心，這女孩也眞是，說一聲她還可能大大方方給她一根讓她畫個夠，何必這麼偷偷摸摸地！

她隨手從字紙簍抽出幾張，想看看室友這兩個晚上的成果如何。她發現這小妮子的確有她兩把刷子，筆下的蘆筍個個風姿獨具，就那麼簡單幾筆，神韻風骨竟勾勒無遺。

她一張看過一張，興起還把字紙簍裡丟了揉了的全拾出來一張張觀賞，直到看到眞有點兒蹊蹺的東西。

看到後來，越來越覺得看到的不是蘆筍，而是男人身上那玩意兒。她不相信地

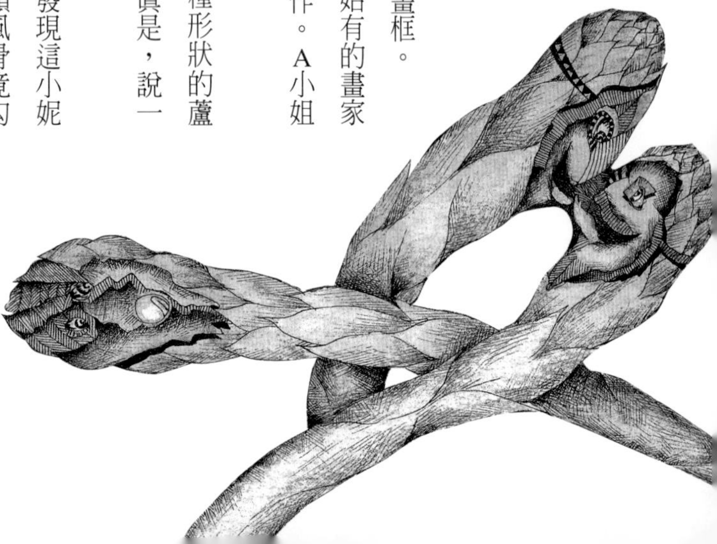

擦擦眼，想著是自己心有邪念產生的幻覺嗎？但她沒有看錯，最後那張整張都是挺立的陽具，都像蘆筍一般尖端朝上，如雨後春筍冒出地面；其中一個本來還掛了兩個小球，後來她大約覺得不太搭調又把它們塗掉，另一個上面帶著毛的，被她打了個大叉，整個抹滅。但說它們是陽具，每個尖端又帶著點蘆筍的形狀與紋路，讓她幾乎想問了，這是蘆筍陽具的素描嗎？

她小心翼翼把這些撕下來的素描紙再放回去，不忘記稍微整了一下，免得留下被人翻動過的痕跡；心裡那個謎不斷擴大，到底她的小畫家心裡在想什麼？就只是單純的思春嗎？

她看到合在桌上的素描簿，抑制不住地把它翻開。這大概是她大學時代留下來的，課堂上描畫的靜物裸體，課堂外的風景人物，歷歷在目。然後，她看到一張像是魔法仙境的速寫，肯定是近作：如寧芙仙子頭戴花冠身著飄逸長袍的美女在原野間漫步，透過樹蔭縫隙照在她身上的陽光，讓那薄紗輕衣把她曼妙豐腴的肉體襯得若隱若現，極是動人。但整個畫面有一突兀的地方，就是那滿地冒起的蘆筍，而仙子竟也能在蘆筍間凌波微步；任她形狀美好的裸足輕撫蘆筍，飄然似騰雲駕霧。

下一張仙子玉體橫陳，側躺在蘆筍之間，秀髮披散，星眸宛轉，薄紗服貼在身，那腰臀美好的曲線畢露無遺。而在萬萬千千蠢蠢欲動的蘆筍中，已經有幾根變形爲那不知是男人還是蘆筍的陽物，仙子的玉手，就落在其中一根身上，看來無限溫柔。

她翻到下一張，仙子就這麼跪著，花冠已揉碎桃紅散滿地，紗袍敞開著，她微向後仰的身軀把裸露的乳房飽滿弧線帶得更圓潤。在紗袍中不可見處，想必是侵入她肉身的蘆筍吧！

那天晚上她把蘆筍燒來吃了，最後還是水煮沾美乃滋，原先那些花俏新奇的食譜都棄之不用。她很遺憾地發現那粗大的蘆筍質地也粗，完全沒有想像中的超凡美味。

Blood Orange 血橘（紅橙）

B先生對血橘的認識源自於超市現榨蘋果檸檬柳橙葡萄柚汁專櫃。那一瓶瓶果汁顏色各異，從金黃粉紅鮮黃淡綠到豔紅，爭奇鬥豔如春花，論嬌妍也各有春秋，但他最好奇的還是那豔紅的血橘汁。

剛開始還以爲他們標錯了，這明明是西瓜汁，怎麼會說是橘子，仔細一看，又不盡然是西瓜。它的顏色甚至比西瓜還深，游移在豔紅與紫紅之間，而果汁裡浮沉不定的果肉確實帶著柑橘屬的細緻瓣瓤。品嚐起來，除了貨眞價實的橘子味以外，還有股說不出的清香，帶點花朵的甜蜜與芳醇。

當眞看到血橘的廬山眞面目，B先生也不覺讚嘆造物之奇。那小巧玲瓏的橘子在未熟之前和其他橘子沒有兩樣，一旦開始成熟外皮上就有血絲透出來，橘肉也由金黃轉爲鮮紅，熟透的整個反爲紫紅，內心可以紅成嬌滴滴的深紫色。成熟的血橘從外皮就散出令他銷魂不已的暗香，剝開時芝蘭盈滿一室，讓其他橘子都黯然失

色，而B先生也從此無血橘不歡。

這天B先生更是油然臣服於餐廳大廚的巧思，用血橘來搭配蟹肉，做出一道合時而爽口的沙拉。血橘的清香不但掩住了蟹腳的腥味，更帶出其豐潤的鮮美，而它那點若有似無的酸甜搭配上橄欖油，對滑嫩可口的各色鮮綠菜葉而言，就是最風韻天成的沙拉醬。那天晚上坐在他對面的那位女士，更像血橘般讓他難以忘懷。

B小姐嚴格說起來不算什麼驚天動地的美女，但她合宜的梳妝打扮與談吐，使她在當場的女士中脫穎而出，在B先生心裡打下極好的分數。她穿了一件顏色介於酒紅和紫紅間的絲衫，與餐桌上的血橘眞是相得益彰，不但血橘顯得更晶瑩欲滴，B小姐的膚色也襯得玲瓏剔透，白裡透紅。她頰上那點胭紅，精彩如初熟血橘皮乍現的紅漬，輕重恰到好處，濃淡自有分寸；眼瞼低垂時那一抹大膽的橘紅眼影，絢麗中帶點兒妖嬈，爲她素雅的打扮點上了幾分撩人的風采。連她用的香水也是那麼特別，在蜂蜜的香甜中，還帶著柑橘類的清新與精神；在一系列標榜異國風情與冶豔的夜間香水群裡，獨樹一格，在B先生腦海縈繞不去。

後來B先生在百貨公司再聞到這味道時，有點悵然若失。先是看到堆積如山的

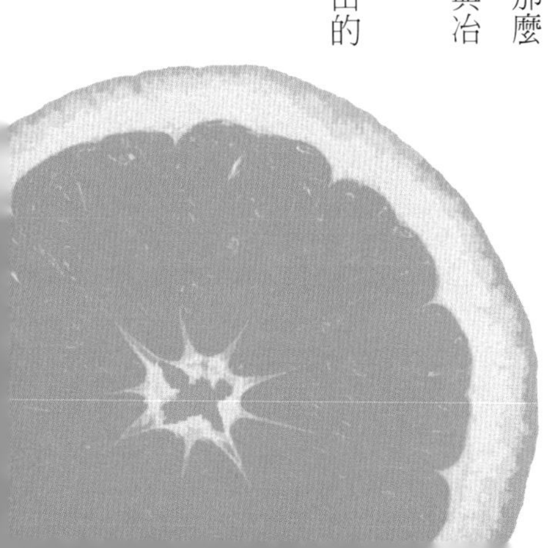

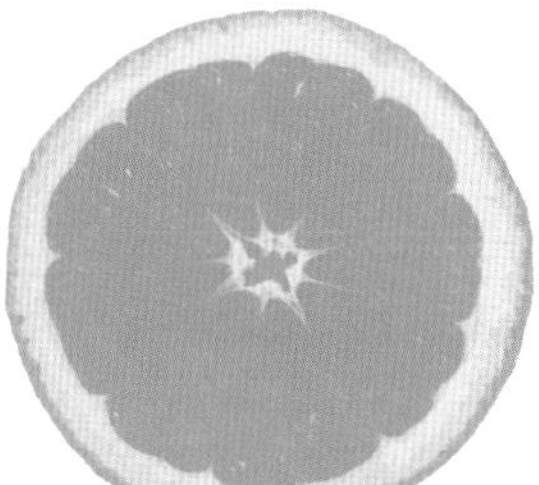

一座座香水金字塔，把他從獨一無二的美夢中驚醒，然後是那香水的包裝讓從事廣告業的他搖頭不已。香水瓶是不賴，因爲這玩意兒到底是消費的重點，但香水盒就壞了大事。

那是個白色卡紙的簡單紙盒，上面繪製著皮剝了一半的橘子，螺旋狀的橘皮圍著它轉了好幾圈。B先生能了解設計師想凸顯香水帶著柑橘味的特點，但那剝皮的橘子感覺就像待宰正拔毛的雞，這種荒謬劇的趣味實在不太適合市場的品味。

血橘的季節已經過去了，而B先生對B小姐的憧憬還沒有消失。他成功標到B小姐主持的企劃案，得到難得的共事相處機會。

都說香水在不同的肌膚上能引發不同的效

果，這話果然不錯，那香水在她身上硬是不像在百貨公司那樣廉價。B小姐跟他解釋，這次的企劃正是爲了香水下一季的促銷，尤其因爲這一季賣得不太好，如何重新包裝再出發是這個企劃案的要點。她同意B先生的看法，那剝了皮的橘子的確是個差勁的念頭，可是，老闆事先聲明新一季的產品不管怎樣還是要有橘子意象的存在；爲了香水裡那一點醍醐之味，橘子就是不能被三振出局。

B先生一般只負責設計構成，執行另找人處理，但這次他決定攬在自己身上，知道他們設計師畫不出他要的，眞正的血橘痴才知道的顏色。他提議不只海報及廣告詞，連盒裝也完全換過，這個建議馬上得到B小姐的附議。

B先生捨棄白色卡紙，在黑色的背景中點上一瓣形狀美好的血橘，誘人得像那天餐桌上的，煞費心思才調出他要的紫紅色，在彎如新月的血橘末端滴落著晶亮如血的酒紅色汁液，產品的商標，用細細的金線鑲在這液滴上。

新盒子的設計頗得B小姐歡心，也說服了老闆爲什麼橘子不是橙色，而是紫的。「血橘是橘中之后，這個企劃針對本香水獨特的風格，清新中帶點妖嬈，這個特色讓血橘來表現最恰當不過了。」拍CM時他簡直是要模特兒爲他再複製出那天對B小姐一見鍾情的形象：紫紅的洋裝，橘紅的眼影，那麼無邪又略帶挑逗地笑著。

現在走在街上，到處都是熟悉的橘子香水，而那季紫也成爲熱門顏色，滿街從少女到老婦，大家不論膚白膚黑，都穿上制服式的紫衣，看得叫人眼前發黑。

只有一個人能擦出那香水夢幻般的血橘風采，就像侍女可以無數，皇后卻只有一個。企劃案結束了，成功就這麼囂張地晃在眼前，遺憾的是他和血橘之后的午餐約會也步入尾聲。

B小姐打電話找他慶功，隔著香檳泡沫對他微笑，他發現她不再用他們共同捧出來的那款香水。

「覺得有些厭倦了，」她說，「現在滿街都是，反而不想跟大家趕流行。」她笑著，「還不是你的錯，廣告打得太好了。」

他說功不在己，「在第一個讓我感到那個香水神奇的人。在唯一能讓我體會到清新與妖嬈的神祕組合的人。」

B小姐眼睛亮了起來，那若有似無的笑意像血橘的香氣隨著香檳泡沫盤昇，她問了，「那個人是誰？」

後來B小姐成爲B太太的時候，他們訂了個好大的血橘冰淇淋慕斯蛋糕。喜宴上的賓客猜不到這選擇背後的玄機，還是吃得不亦樂乎。

Carrot 胡蘿蔔

C先生長得其貌不揚，偏偏桃花不斷，因爲他的桃花運只存活在一己的想像之中。

男人與女人的相識，互相吸引，如何表達心意爲彼此製造機會，到能夠相戀終成眷屬，這中間的關節波折常是超乎人想像，而怎麼營造更是一門不可輕忽的藝術；但是對C先生而言，這都可以用簡單的一句話概括——她對我有意思。再怎麼小的一個動作都逃不了C先生的慧眼與敏感的心，而這樣受衆美仰慕的奇男子如何適當地反應學問可大了，要讓對方知難而退又不傷她自尊，或含蓄地讓她知道自己對她也不無好感，這之間分寸的拿捏，他自忖眞是非他難爲。

在那麼個遲暮的下午，驀然發現身邊親朋好友紛紛傳出喜訊，手腳快的已經含飴弄子，而他，這桃花神的寵兒如今竟仍是孤家寡人。C先生想起過去自許男兒志在四方，事業未成不論兒女私情，不知錯過了多少暗戀他的女子，讓人家爲他珠淚頻垂，不覺惘然。他當下立下志願，今後不再讓他的林妹妹淚灑相思地，更積極地出擊，早日譜成和諧姻緣。

就因此，C先生不再排斥親友的安排，他新的心理建設使他不再視相親爲滯銷存貨的清倉機會。這天他到飯店會人家幫他約定的某小姐，兩人在頗富情調的咖啡廳相談約一小時，某小姐因公事無法多停留，於是她再三致歉之後先行告退。當晚C先生熱心的友人詢問約會情況，C先生表示相談甚歡，「我覺得她眞的對我蠻有意思的。後來我看到我頭髮不小心掉到她咖啡裡，她還很小心撈起來放在旁邊，如果不是怕不好意思，她大概會包起來帶回去，夾在日記本裡吧！」以C先生的細膩，還是沒注意到某小姐之後沒再碰那杯咖啡，他當然也不會知道某小姐對友人的說詞。此後幫他介紹的人越來越少，都說很難找到和他條件匹配的，他知道這確是事實，誰叫曲高和寡呢？

又有那麼一次，C先生偶然在宴會上巧遇某知名女性學者。一向以女性之友、心胸開放新好男人自期的他與之暢談，頗有諸多新的收穫。「我發現所謂女性主義者其實是蠻寂寞的女人，她們往往比一般女性更需要愛與關懷。我想她對我是有意思的，所以可以在我面前放下身段，拿掉故作堅強的面具，讓我看到她比較脆弱的一面。」C先生對朋友如是說。既然對方都走出這一步了，他怎能不顧念這美意？或者，以他一向的俠義心腸，怎能不憐惜這些脆弱寂寞的女性心靈？於是他主動打了電話找對方好幾次，偏偏陰錯陽差無法成約。後來C先生對女性主義者的看法又有轉變，「以女人來說她胸部真的是平了點兒，會搞女性主義不是沒有原因的。」

這天C先生在超市買菜，看到帶著纓子的胡蘿蔔，一段往事突然襲上心頭。他想起了當年有個小學妹，說她最愛胡蘿蔔了，甚至可以削了皮抓著就啃，像卡通裡的兔寶寶一樣。他瞪著那紅得可愛的胡蘿蔔，翠綠的纓子把它襯得更纖巧，灑在上面的水珠也是格外晶瑩，楚楚動人；從沒有讀過莫言〈透明的紅蘿蔔〉的C先生靈光一現，心裡一動，想著，她是喜歡我的，我竟然那麼渾然不知！他把胡蘿蔔抓進菜籃裡，彷彿還聽到嘆息聲，不知是自己的，還是那一語敲醒夢中人的胡蘿蔔。

他翻出了當年的通訊錄，撥個電話給小學妹，發現人家早就搬家了。他鍥而不舍，打了電話騷擾了好幾個故知，說有非常重要的急事必須與她連絡上，終於得到她最新的電話號碼，把她約了出來。

還有比這個約更令她意外的事。見了面他竟掏出一束胡蘿蔔，活像從魔術師的高帽子裡變出來的，遞到她手上說道，「給妳，這不是妳最愛的嗎？」小學妹啞口無言，C先生對自己這別出心裁的禮物更是得意不已，就看多少庸俗的世間男子只懂得送女人花，不曉得要投其所好嗎？小學妹現在想必是回憶起當年對他的愛戀，對他竟然把自己的話字字放在心上感動不已，心裡被他的溫情烘得暖洋洋地，只差沒熱淚橫面了。

既然她說不出話，就由他說吧，男人本來就應該主動的。於是他婉轉地告訴對方他**也**是對她從來沒有忘情過，這些年來無時無刻不想著總有一天要為她送上她心愛的胡蘿蔔，說著，看她臉上泛起了胡蘿蔔的紅暈，他說得更熱切了；他滔滔不絕地對她陳述綿綿不斷的愛意，無盡的相思，有情人終成眷屬的喜悅，美好的幸福遠景，直到講得口乾舌燥，而小學妹也礙於禮貌，不好意思打斷或擦去噴在她頰上那滔滔的口沫。終於，他停下來喝口水，含情脈脈地看著她，想著她總該開口說些什麼，或眞說不出口，該把小手伸過來讓他握住，含羞低著頭。

但他看著她眼珠子骨碌碌地轉著，最後，像是有些困惑地說了，「學長，承蒙

你愛護，眞是不好意思，但是……」

他把她打斷，「這沒什麼不好意思的，我們現在都已經……」他對她眨著眼。

「學長，我已經結婚了。」她突地冒出這一句，害他手裡的水杯差點都抓不穩，「對你的心意眞的很感激，可是，你就這樣沒消沒息，然後五年後才突然跟我說你喜歡我，眞的讓我很困擾。」

他知道了。因爲他過去五年來都沒表示，所以小學妹只能心碎地另嫁他人，生米都煮成熟飯，他也只有祝她幸福了。

C先生把這蕩氣迴腸的故事講給朋友聽，講到感慨處，說到自己不知因此誤了多少女子的終身，聽到電話另一端傳來呵欠聲。C先生憤慨不已，發誓再也不跟這人說體己話了，簡直是對牛彈琴！

願意聽C先生體己話的人也越來越少了。

Daikon 蘿蔔

走進歌劇院附近素有小東京之稱的日本街雜貨店，D先生馬上挑了條白白胖胖的蘿蔔，喜悅之淚幾要盈眶，爲蘿蔔洗卻滿身的塵土。這不是夢，苦戀多月的日本女友終於要重返巴黎，成爲他這漂泊異鄉遊子的新娘。

十八歲就隻身到巴黎闖天下，爲全家移民打拚的他，一路上吃了不少苦；從一句法文不通到朗朗上口，從糕餅店學徒撐到二師傅，再把父母一一接了出來拿到身分，這一頁歷史眞是完全用血淚打造出來的。邂逅那日本女孩，可以說是他生命裡最美好的一刻。她到嚮往已久的花都來玩，拜訪嫁爲法人婦的閨中密友，朋友拉著她到他工作的糕餅店解饞，讓她見識道地的法國麵包點心。年輕的糕餅師傅就這樣與睜著雙娃娃般俏麗的大眼睛，無限歡欣地品嚐他端上的乳酪蛋糕的異族女孩墜入愛河。他們手牽手在塞納河邊散步，在香榭里舍大道咖啡座點了又貴又比不上他手藝的甜點，還去了她旅遊指南上所有記載的觀光重點，由他爲她按著相機快門，攝

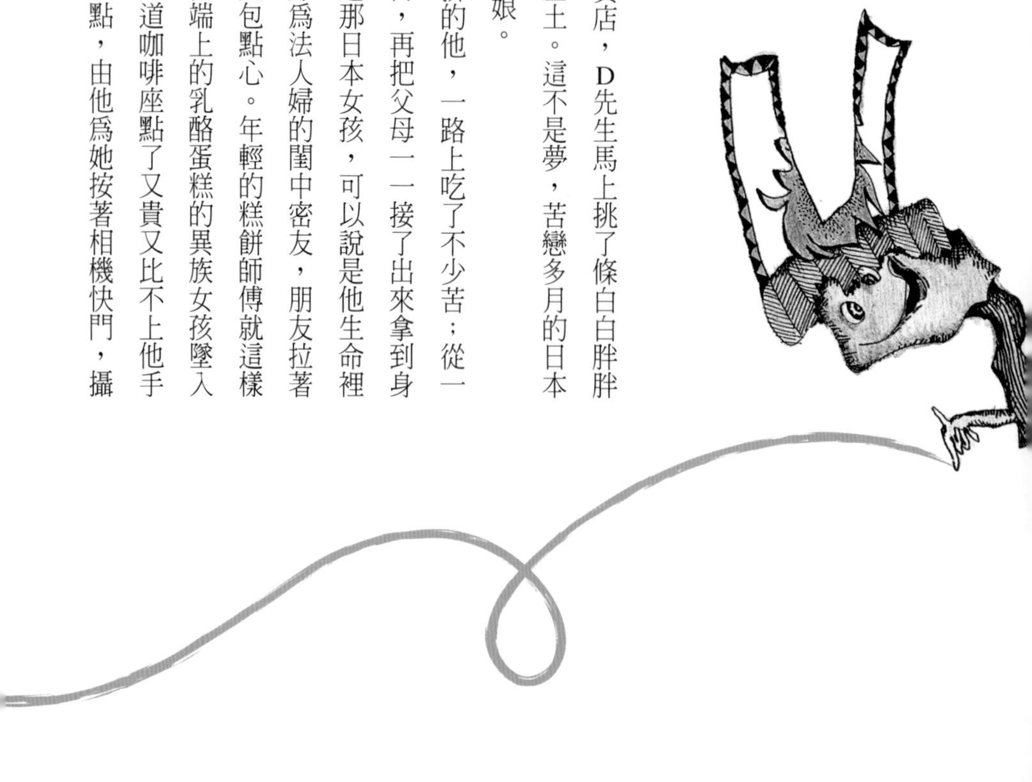

取一張張美麗的回憶。分別時，兩人又是相看淚眼，用著彼此無法理解的語言發著誓，一定要在巴黎重逢，再續前緣。

他寫信給她都是用法文。由於兩個人的英文處於極爲原始的狀態，他的日文與她的中文完全是創世的虛無，法文是此外他唯一能表情達意的媒介。她的法文程度只限於「日安」「晚安」和幾種糕點的名字，透過朋友的翻譯，她讓他了解她回了東京一定馬上去法語名校惡補，在這當兒，他的信不但是她感情的慰藉，也是最好的法文範本，「因爲，」以下的話是他不須翻譯也能明白的，「我們將來是要一起在法國生活的呢！」她那弧度優美的頸項低垂了下來，彷彿還泛著點紅暈。

D先生從架子上又挑了些食品零嘴，想著他未婚妻一定高興在巴黎也有這樣親切的日本風味；可不是嗎，現在不只日本雜貨店，比較時髦的法國超市也可以買到蘿蔔。Daikon，蘿蔔下面都會放著這樣的標示，承自日文蘿蔔「大根」的羅馬拼音，而不是土裡土氣的法文navet。這幾年日本文化和日本料理大行其道，時髦的巴黎人家裡也會擺幾盆歪七扭八的盆栽，學著用筷子夾生魚片，而走在時代尖端的男子們更少不了一個巧笑倩兮美目盼兮，鞠躬標準兮的日本女朋友。蘿蔔，這生魚壽司不能少的良伴，當然是日本文化的親善大使，在法文裡夾雜著一個daikon聽不懂的，眞不是深深了解多樣文化衝擊的現代人。

他對即將到手的幸福心裡只有一個小陰影：未婚妻是爲愛奔逃，不顧家人親友反對，硬是行使她成年人的權利，買了機票要奔到他懷抱裡。她父母尤其無法相信女兒遠嫁巴黎竟不是爲了個白人，而是同種異文的中國人，那豈不是下嫁嗎？就算可以拿法國護照，有什麼了不起？他感謝未婚妻慧眼識英雄，不像她爹娘狗眼看人低，想著有朝一日，他們一定能明白他是這麼個苦學自立的好青年，又有一技之長，前途光明，不會虧待了他們女兒的。

兩人在區公所公證結婚，儀式簡單隆重，因爲在場親友反正也不多。他那一票糕餅店認識的好友倒來了不少，沒看過新娘子的驚於他的豔福，紅著眼看他平平白白帶著這法文講不上幾句的嬌妻回到郊區的家侍奉公婆。

結婚沒多久，新婚的妻子紅著眼問他可以搬出來住嗎，說她每天打掃煮飯洗衣外加伺候那兩老，時間已剩不多，而她還想繼續上法語班，否則用這支離破碎的法文根本無法溝通；還有，她很想念以前和他一起在塞納河畔散步的日子，他們不能住在市區嗎，像她朋友就住在歌劇院附近，去日本街也方便，還有……

他知道她的難處，但是跟父母說他們要搬出去簡直是天方夜譚，而且他也沒有那麼多存款；原先這個家是靠他和在中國城打工的父親在撐，現在老婆來了以後，母親也從外面應了一些裁縫的工作，讓大家能過得更充裕，這些事，都是她不曉得的，就像她不曉得住巴黎市區大不易一般。再怎麼說，如何叫她一個嬌滴滴的東京女孩也出去工作？父母倒是很諒解，懂得她一個日本女子嫁個中國人眞是不容易，待她也是不薄，如何告訴他們說要搬出去？豈不是大逆不孝！

他說服母親攬下三餐的責任，讓她能抽空到歌劇院附近的語言學校上法文課，這讓她開心了好一陣子。由於她和同學們交際的時間越來越長，家務也逐漸落在母親身上，看母親面有怨色而無怨言，他也只能心虛地裝作沒看到。另一方面，妻子繼續勸服他要搬到巴黎市區，她的同學們個個是嫁了法國老公的好命少奶奶，這個住在歌劇院附近，那個在十六區，還有一個住郊區的，人家住的是時髦的巴黎西郊，不是像他們這樣移民聚集的國民公寓，他們到底什麼時候要搬？還有，叫他媽做飯不要放那麼多油鹽，吃了皮膚都壞了，一直長痘痘。

她法文在進步，跟他吵也講得越來越理直氣壯。這時又發生一件不幸的事，把他已經煩亂的心情攪得更糟。他糕餅店的老闆娘，最近跟小學徒搞上了，想把那什麼麵粉都分不清楚的渾小子升爲二師傅，千方百計要攆他走，竟誣賴他手腳不乾淨，二話不說就把他開除。他告到庭上，說對方栽贓誹謗，要求賠償，但這案子了結之前，他就是不折不扣一個無業游民，這年頭失業的人口衆多，找新工作也不是那麼容易。在他有工作有收入時都那麼嫌東嫌西的小妻子，怎麼能忍受整天閒在家裡的他？這下要搬去巴黎更沒指望了。

她先是行李收了搬到歌劇院那好友家裡，再來就催著他辦離婚。反正他爲了告訴的事找律師，這下不是更好，一石二鳥，一個律師辦兩個案子？

她後悔當初沒有聽父母親友的忠告，眞的憑一己任性嫁了個不中用的男人，還

好爲時未晚，她還年輕貌美，只要法國人的日本熱還沒有退燒，依然有機會找個如意郎君託付終身，如願以償地嫁到巴黎，成天沒事穿得漂漂亮亮上語言課，和女朋友們壓馬路花銀子，在咖啡座嚼舌根子。

D先生在官司了結以前，暫時在中國城的麵包鋪打雜，在法國糕餅店學了一身武藝都派不上用場。後來，他每次看到牛肉麵裡的燉蘿蔔，都不覺地反胃。

Eggplant 茄子

E小姐肅然凝視著小心翼翼用面紙裹了好幾層，聖潔地供在枕上那根茄子。她緩緩卸下身上所有衣物，直至一絲不掛爲止。大門是深鎖的，窗簾拉緊了，連燈光都調得暗暗的，有著模糊的情調美感，室內除了她和茄子以外沒有別人，不知爲何，仍覺得有些羞赧，彷彿茄子瞪大了眼睛目睹她寬衣解帶，暗自銷魂。

剛分手的男朋友那不甚高雅的話語猶在耳邊：「再見了，妳就自求多福吧，眞的想男人，買一條小黃瓜來自我安慰，反正我看妳要找男人也不是那麼容易。」

就是這句話激起了她的憤慨與好奇，決心在超市裡找到她的白馬王子。

但是小黃瓜說小也不小，她看著那名副其實美國size的黃瓜，個個如手臂般宏偉碩大，起碼是前男友的兩三倍寬度與長度，猶豫了起來。自然，生小孩的時候面臨的挑戰絕對比這還艱鉅，但也犯不著現在就開始排演練習，更何況孩子的爸爸在哪裡都還沒有著落。她轉頭看看那豔黃得動人的香蕉，想像剝了皮是怎樣的風情，但隨即搖頭；眞的塞進去，到時候她可有「爛攤子」好收拾，不是開玩笑的。於是她的目光落在茄子上。

正是茄子的季節吧，它們被擺在蔬菜區最顯眼的地方，四周還標上「新鮮甜美，有機產品大特價」的促銷牌子。第一次發現茄子的學問也這麼大，種類這麼多：紫茄是別提了，大得像個小冬瓜，比小黃瓜更加駭人，就算是迷你的尺寸也不迷你；花茄象牙嵌紫的斑紋外皮帶著份野性，但那肥圓的外觀實在不夠性感；義大利茄子和小黃瓜在伯仲之間，形狀粗短，而且蒂頭長了點，捲曲像灰姑娘南瓜車的藤蔓，不是很實際；印度和泰國茄子黑白兩個鬼臉讓她想見黑無常白無常，圓滾滾一球球倒像跳蛋，難道教她綁在繩子上玩？菲律賓茄子末端屁股一翹，像把傳說中勾女人G點的圓月彎刀，讓她心動了一下，可惜顏色灰撲撲地，讓人提不起胃口；東洋茄子又袖珍了點，雖然玲瓏可愛，怕不過癮；最後她選定了顏色最鮮豔，大小最習慣的中國茄子。

她提著菜籃站在那堆大小看來似乎比較合適的茄子面前，問題又來了，選哪一根呢？這茄子就跟人一樣，各有個性，即使同文同種大小形狀仍然不一，有的彎如新月，有的直如竹竿，環肥燕瘦，不規則的還扭曲或帶腫瘤，無奇不有。她拿起來認眞地一根根比較，握在掌心試試它們的質感，還是難以抉擇。是她在茄子攤面前站太久了，還是掩不住那滿臉色情盡入旁人眼底，她覺得身邊走過的太太媽媽家庭主夫工作人員們個個帶著有色的眼光看她，於是她隨手挑了個放進菜籃，落荒而逃。

夜幕低垂，是她和前男友一貫繾綣的時刻了，她把茄子從包裝袋拿出來，細心地用洗潔精洗滌，擦乾淨，就這麼供在床頭，旁邊還奉著保險套與潤滑劑。裸裎在茄子面前，不知道該怎麼辦；茄子這樣客氣，不像男人不管三七二十一就撲上來，倒讓一向被動的她不知所措。她看著保險套，自己都覺得可笑，眞是積習難改，茄子又不會讓她懷孕，怕什麼呢？她把保險套收起來，拿起面紙再擦了茄子一次，在前半段上了點潤滑劑，閉上眼睛就往自己下體送。

她先是在外面摩擦了一下，那茄子彷彿有情，竟也讓她迷濛起來，於是她大著膽，往身體內部慢慢騰了進去。開始有些許猶豫，不是那麼順暢，於是她深呼吸，放鬆肌肉，手下使了點勁，茄子便又推進一點。她便這樣仰躺著，拉著茄子一進一出，摩擦之中興致漸佳，也就那麼哼哼吟吟起來，又使勁把茄子整個推了進去，就只剩個小小的蒂兒露在外面。空出來一隻手撫著自己下身那小小的花蒂，一種酥麻的感覺擴及全身，讓她更起勁了。

她驚異地發現前男友竟從來沒讓她如此忘情過。他不是顧前不顧後，就是全心在後而裹足不前，而她常常是在一方被搔起來期待後續之時，就斷了聯繫，心裡想得慌，要又不敢要。

她轉個身，茄子順著地心引力滑落，她在它滑出前再把它推進，臀部使力頂著，天，竟是如此興奮難抑；熟能生巧，她發現即使手不撐著，靠著肌肉的放鬆收縮與臀部扭動，茄子也能適如其分地進退，於是她更能專心地刺激前面那癢得不行的地帶。快感一波波升高，她索性放開喉嚨高歌，而汗水在漸深夜色裡緩緩蒸發那透人的沁涼，滲進她逐漸瀰漫的快感裡，更助長了她的吟哦。

前男友說她是個沒情趣的女人。「這樣沒聲音，做得要死要活妳就像植物人癱在那裡，想聽妳叫頂多隨便兩三聲，不注意還聽不到，一點意思也沒有。」他大概永遠無法想像她像現在這樣狂野的浪喊。

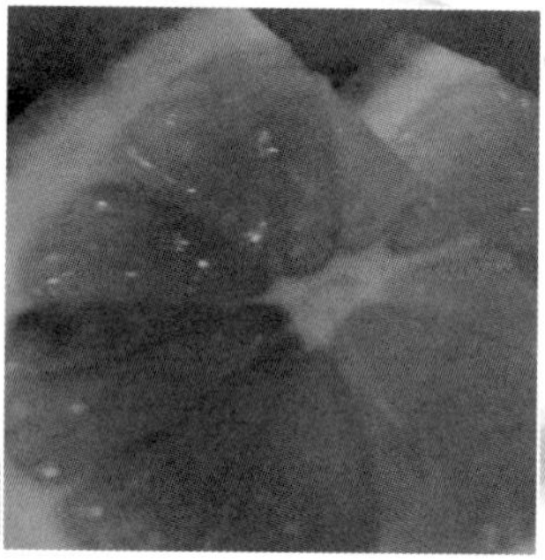

茄子就這樣扮演一個理想情人的角色，速度角度隨她調整，累了慢下來，喘口氣任它在體內一百八十度自由旋轉，享受每個角度不同的醉人；休息夠了再繼續，奮力拉進拉出，下身馬上就麻得她忍禁不住，打吃奶以來從沒有人使她這樣快活。最後的衝刺，她用前男友絕對沒有辦法達到的高速奔馳，臀部頂得緊緊的，滴水不漏，直至筋疲力盡，終於心滿意足地鬆手。

茄子意綿綿地留在她體內，頓時兩方都覺得蕩氣迴腸，不像她前男友，洩了馬上就急著出來，去廁所撒泡尿回來，穿上內褲在她身邊倒頭就睡。

她終於不捨地將茄子抽出，濃情蜜意地端詳著它，讚嘆它外皮如此光滑，那亮紫豔得如此誘人，又如此細膩溫存，怎不叫她回味？更妙的是事後下體整個散發著茄子的清香，大異於往常保險套和男人精液混雜那難聞的氣味。

她注意到茄子竟也像男人事後般，原本堅挺的外皮已見疲軟，多了條皺紋，蒂頭大約被她抓得過緊，也垮下來了。

她把茄子再放回面紙拱出的神龕，心裡盤算著，該怎麼處理，把它煮來吃了嗎？用自己體液醃過的茄子不知是什麼味道。她再看了茄子一眼，握在手裡撫弄一番，決定把它冰起來，明天再用一次再說。

Fennel 茴香

F先生有著瘦高的身軀，貝多芬的亂髮，藝術家的神經質和修長的手指。據每一任女朋友的說詞，平常看起來這麼不修邊幅，與帥哥絕對無緣的這個男人，一坐上鋼琴椅就完全是另一個人：柔情似水的時候他那手指愛撫著象牙鍵的樣子，足以讓所有情竇已開的女子沉醉，恨不得那細膩的指法是落在自己身上；激情澎湃時從那髮梢滴落的汗水和著從他身上散發的光與熱，眩目得叫人不可逼視。

是否這些女友們充分享受藝術家的敏銳與細緻提升的床第之樂，我們不得而知，確定的是F先生的藝術生涯是在女友們的關照中順利開展。他每天得練琴九小時，這是職業鋼琴家確保手指靈活的不二法門，而這些時間是任何女人都不能從他生命中剝奪的；除此之外，爲了讓他能專心一志於琴藝的修養與提升，女友們勢必要付出相當的代價。不管她們是學生、上班族還是自由業者，在F先生每天九點到十二點的第一段練琴時間之前，就得準備好營養的早餐，讓他開始美好的一天；F

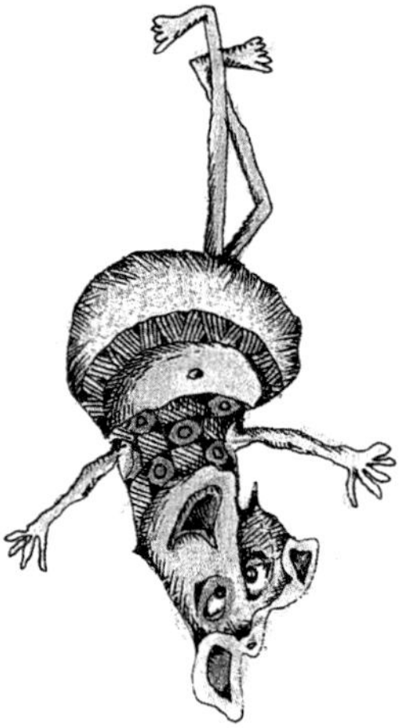

先生第二段練琴從下午一點到五點，之前之後的午晚餐，不管女友是否有工作雜務纏身，人不在也要想辦法爲他打點，讓他能在休息時間以最簡便的方式打熱食用；晚上，F先生再練個兩小時結束當天的課題，在這當兒，如果他專致的演出、美不勝收的指法挑起了女友內心最深沉的情慾，她仍不得打斷他的練習，得耐心熬到他結束的那一刻。

通常料理飲食打掃洗衣只是個開始，逐漸地，F先生的帳簿家務也會落在女友頭上。他戶頭沒有多少存款，也不怕她看了心起歹念，而且F先生一向有識人之明，不須太擔心他的財務在女人面前透明化會帶來後患；於是每個月的轉帳，浴室漏水要找人來修，廚房的老鼠害蟲要人驅除，都會變成女友的職責。爲了讓他安心在象牙塔裡和他的繆司女神進行溝通，與外界的接觸全在女友身上，如果一開始她還不能應付自如，最終都會被訓練成處理事情井井有序，條理不亂的女強人。

但是F先生和女人的關係通常都不能持久，而且，分手後的女友大多不是帶著

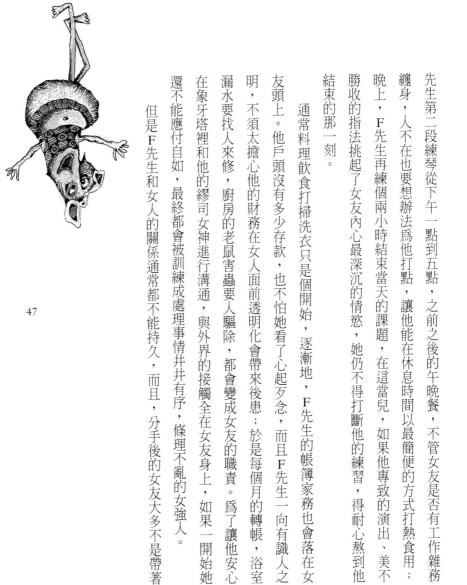

好聚好散的面孔。究竟是F先生始亂終棄一個換過一個，還是這些女人燃燒自己到蠟燭的末端，蠟炬成灰淚始乾，我們就不得而知。

F先生的新歡，出乎眾人意外，是個弱不禁風連打理自己都不太行的女孩，而且看來也是再怎麼訓練還是扶不起的阿斗。這女孩不但幫不上他的忙，有時還分去他寶貴的練琴時間，恨得他牙癢癢地；說外貌清秀有餘，談美豔還差得遠；在床上也不是頂出色，連F先生自己都不曉得是看上她哪一點。每次想想分手算了，她只要那雙無助的大眼睛看進他的眼裡，F先生發現自己竟比她還無助。

她還有個對於茴香的迷戀，是凡人無法理解的，和她交往以後，F先生才曉得茴香是球根植物。他之前對茴香的認識僅在於童年時期母親做的

茴香蛋，加點紅糖米酒一燜，起鍋香噴噴，是他童稚回憶美好的一頁；後來發現母親用的原來只是茴香葉，那枝芽下還有個白色的洋蔥頭，而這個氣味濃郁的球根，就是他現任女友的最愛。她也吃茴香葉，但對他的茴香蛋興趣不大；做湯時她告訴他可以用茴香頭代替芹菜根煮，味道更好，還建議他燉雞用茴香效果絕佳。但她更愛的是生吃，加個橘子做茴香沙拉，拌點香菜粗鹽橄欖油，十足西西里風情。做沙拉麻煩的是怎麼把那笨拙的球根切得如薄紙般細緻，這玩意兒不像洋蔥，不管是內部紋理還是外皮都較硬較粗，再怎麼切看來都像肥厚的佛指，拈花一笑，用它慈悲的眼看盡紅塵男女徒勞無功的追尋。她建議他買個機器切，省時又漂亮，但他就是不情願。這該死的茴香甚至不是他的最愛，憑什麼他就得買個機器爲它效命？

這天F先生又在廚房切茴香準備做沙拉，突然想起以前茶來伸手飯來張口的日子，不覺悲從中來，曾幾何時，他竟成了茴香的奴隸，爲它磨鈍了幾把刀子。想著一不留神，竟從他那鋼琴家的指頭切了下去，把他從夢裡痛醒。傷口不深，但麻煩得很，糟糕的是這傷勢必影響手指的靈敏度，這幾天的練習都泡湯了，不等它癒合什麼也別談。

他看著浴在血海的茴香，一股怒氣昇了上來，他不明白，這傑出的未來古典樂界之星竟平白爲這洋蔥腦袋賠上他的手指，而這些，都是對它痴狂不已那女子的錯！爲什麼她不像以前那些女人爲他打理一切，爲什麼他還得下廚討她歡心，才落得這個下場！

她回來了，看到他坐在地上生悶氣，告訴她切壞了手指，今晚沒茴香沙拉吃了。她審視著那傷口不大，血液早已凝結的手指，心疼憐惜地把它貼在唇上，用舌頭不住呵護著。他看著她，那樣溫存地吮著那指頭，一時情動，抓著她的手拉下自己褲襠拉鍊。

不管多少次，他總是驚異於她那白得幾無血色的肌膚，即使在黑暗中也那樣輪廓分明地熒著白光。現在正是黃昏時分，隔著百葉窗照在她身上的夕陽餘暉，竟絲毫無法用它金黃的甜蜜爲那肌膚染上一點暖意。於是他使勁擰捏她雙峰，用牙齒摧殘她乳頭，聽著她的呻吟聲因痛楚更立體化，把兩人的興奮同時帶到更高點。他狠狠咬了口白嫩的酥胸，整個人從她身上爬起，微向後挺欣賞著他努力的成果；這下，她胸脯該留下紅色的指痕和齒痕，把那慘白點綴得更嬌豔了吧！

但她乳房白皙依舊，所有熱情竟了去無痕，那乳頭在蒼白中泛著淡綠，活像個大茴香白淨的球根，切去的尖端莖葉還殘留著一抹綠痕。終於有點紅漬點在上面，是他指頭又裂開的傷口，正把血液一滴滴，一滴滴，輕濺在她乳上。

Grapes 葡萄

G小姐在夜總會表演脫衣舞，不因家裡有嗷嗷待哺的老母跟幼弟，不爲了那來之頗易的收入，也不是像某些懷著星夢的女孩，把這行業當過渡時期遇到星探前攢錢的法門。她自負於自己得天獨厚的誘人胴體，又喜歡將它毫無保留地展示在男人們面前，因此對她來說，眞沒有比這更適合的職業了。

G小姐上班的夜總會標榜高格調的路線，把每個舞孃都包裝成肢體藝術家，客人是能看不能摸的，這對G小姐而言再好不過。她對藝術或色情都沒有興趣，因爲這兩者好像都超乎她單純的自戀想像空間；她要的就是挑逗最極致的表現，讓那些男人們在她肢體的舞動中勃起，讓漂浮在空中的情慾隨那一層層剝掉的薄紗點燃，焚燒她律動的曼妙身軀，激起她更磨人的舞姿。她總是很留神傾聽每一個扭動帶起那喉結呑嚥的咕嚕聲，或每一個足尖的鈴鐺挑起那呼吸濃重的鼻息；當她又解開一重羅衫翩然將它舞下，穿過一雙雙佈滿血絲的眼，在耳邊響起的讚嘆聲，是比任何樂音都更美妙的。

夜總會明文規定不准客人碰表演中的舞孃，但沒有說舞孃不可以調戲客人；不用說了，G小姐絕對是個中能手。她會把透明得根本遮不住什麼的輕紗覆住的下腹在客人面前不住盤旋著，不時掀開那層紗撩著他們的眼；有時她會把光裸的胸在他們頭頂搖蕩，讓那乳尖在他們鼻尖一指之遙顫動；抑或她會把一隻上了油彩亮粉的玉足就搭到客人肩上，把她圓熟的臀部扭在他們面前，讓她腰間繫的絲帶鈴鐺貼著他們呼吸愈加困難的臉。

她的葡萄裝推出更順勢把她推上舞后的寶座穩固無疑，主意起自偶然聽到那首叫〈剝個葡萄給我〉（Peel me a Grape）的歌。G小姐一向不在意歌詞唱什麼，因此那爵士女歌手磁性的歌喉吟誦出一長串物質主義統治下的男女遊戲法則，諸如男人該如何以貂皮香檳轎車奢侈品眾多服務討女人歡心等等，她一句都沒有聽進去，好奇的是那句不斷重複的「我肚子餓了，剝個葡萄給我」。藏在那沒有聽懂的歌詞中的線索，她是永遠找不到的，但憑著幹這一行的直覺，她覺得永遠都填不飽飢餓的葡萄，也許能讓她的表演更上一層樓。

當G小姐第一次穿著用葡萄串成的比基尼和丁字褲出場，滿場愕然，熟客們睜著好奇的眼看她想要什麼花樣。她以一貫的洗鍊舞步穿梭全場，在水蛇般蜿蜒的扭擺中將葡萄一顆顆解下，當場賞給滿臉垂涎的男人們，或讓他們自己摘下那葡萄；當然，規則還是要遵守的，無論他們用怎麼樣顫抖的手指摘去遮住她身體最引人遐思部位的葡萄，絕對不能碰到她。這個讓「秀色可餐」成爲事實的新遊戲馬上造成轟動，而那首〈剝個葡萄給我〉也成了G小姐的招牌曲，她發現那帶點慵懶頹廢的爵士樂竟是她煽情的法寶，在那句「我肚子餓了，剝個葡萄給我」響起時，她有時會拋個葡萄到觀眾席，讓那些巴結的男人們剝了塞到她嘴裡。

很快地，G小姐的葡萄秀成爲夜總會海報的主打宣傳，她甚至有專人幫她設計葡萄裝，精選各色晶瑩剔透、豐圓潤澤的葡萄，或是串成小花、星星的乳罩，或是丁字褲、流蘇裙，每天變換著花樣，將當天的表演帶到高潮。曾經有個心存嫉妒的同台舞孃也推出「櫻桃裝」抗衡，但櫻桃較之G小姐的無籽葡萄畢竟難處理多了，成本高而且不是四季都有，加上G小姐舞技還是藝高一籌，她王牌的地位絲毫沒有受到動搖。

這天，G小姐在歡呼中登場，發現座中有那麼一雙不尋常的眼睛盯著她。那眼裡的慾望不是她不熟悉的，就像其他人一般，當她還輕衣薄縷時他們就急切地用想像把她剝光，然後滿腦子不可告人的交媾姿態隨著她的舞也沸騰著。但那人的眼底除了這樣燃燒的慾望，還多了點什麼，他們第一次四目交接，G小姐發現那竟是冰冷得不可思議的空虛。她使出渾身解數，全座叫好之聲不斷，她看到那人眼中的慾望溫度升高了，但那揮之不去的空洞以同等的程度降溫。竟能有這樣的組合存在！

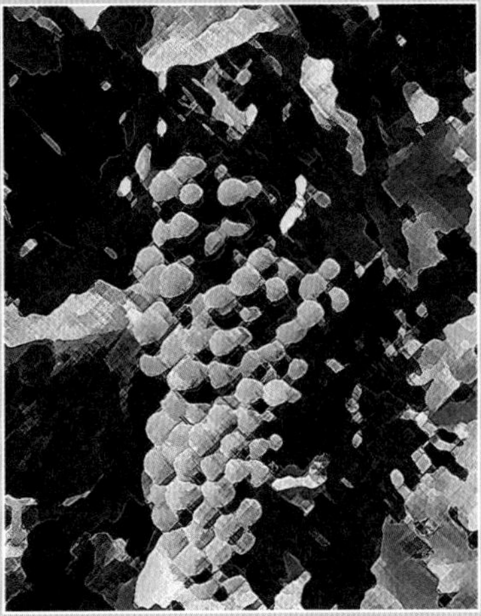

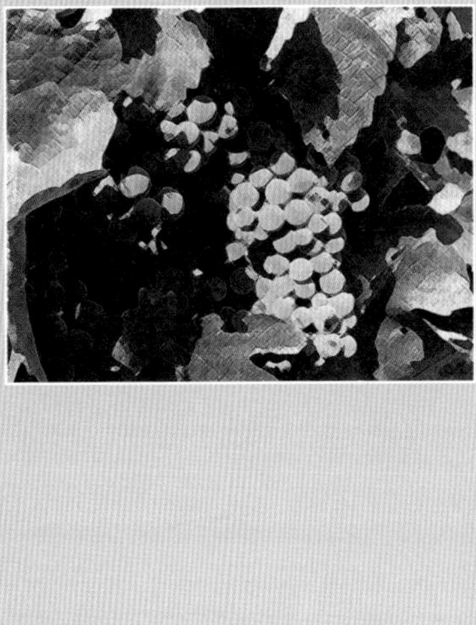

G小姐一個迴身，在他面前蜿蜒而下，直至豐腴的乳房晃在他眼前，而遮住它們的只剩下兩顆小小的紅葡萄。其他人都鼓起掌來，欣羨他的好運得到美人青睞，可以親手卸下這兩顆礙眼物。但他竟傾身向前，伸舌舔著那葡萄，他熟練而恰如其分地不讓舌尖落在不該落的地方，最後，萬分靈活地把葡萄吞入嘴裡。滿場屏氣凝神，守在一邊的保鏢也緊張兮兮地盯著，唯恐客人知法犯法壞了規矩，隨時準備上來規勸。當他以令人驚異的絕活將那兩粒葡萄吃了下去，滿場歡聲雷動，爲他精彩的表演喝采。

終場G小姐和其他小姐們出場謝幕時，感覺到那個人還在盯著她，第一次，她感到全身在那目光下戰慄。之前，當他耍著特技攫取她雙峰的葡萄，她已經覺得那滾燙的舌不是落在葡萄，而是她的乳頭上；當他的表演結束，她必須站起身來繼續她的表演時，她的乳尖還顫抖著，殘餘著他的溫存讓她幾乎都站不穩。G小姐看著那雙依舊是慾望與空虛交織的眼，那悄悄在唇邊輕舐的舌尖，身體又熱了起來。

G小姐躺在他那張大床上，全身赤裸，但此情此景大大異於舞台風情。跟著他上了車、來到他公寓以至寬衣解帶彷彿只是幾秒鐘的事，但裸身在這床上已經過了幾千年了，而他居然沒什麼動靜。他就坐在她身旁，手裡一杯紅葡萄酒，那麼好整以暇地以欣賞藝術品的眼光，細細品鑒她精雕細琢的軀體每一個沙丘與谷壑的曲線色澤。G小姐第一次感受到她恣意施加給夜總會客人那無盡的挑逗勾引與永遠達不到的慾望是什麼滋味，她全身在那人的目光下燃燒，身體每一寸肌膚都受不了這折磨地怒吼著，要他愛撫，要他舌底的銷魂；甚至，在男人面前每天裸身數次的G小姐，第一次體會到羞愧的感覺，身心都那麼一致地吶喊著，啊，爲什麼不動手！

他將酒杯舉近了，讓杯中所剩緩緩傾在她身上，隨即俯身舔舐從她胸腹滴落那嬌豔如此的酒液。「啊，」G小姐閉上眼睛，這是她期待已久，舞台上那一幕的延續，果然沒有讓她失望，她全身在這美妙的戰慄中沉浮著。但很快地，無上的快感轉成另一種形式的煎熬，他就這樣撫遍吻遍她全身，慾火已燃得不能再高了，他卻絲毫無意登堂入室。

G小姐將那纖纖玉手伸向他褲襠，不敢相信他竟如此能忍，但在那裡，等著她的不是生意盎然的伊甸園之蛇。她摸到的是一團死肉，再怎樣的煙雲驟雨都不會讓它從沉睡中醒來。

Honeydew Melon 香瓜

H小姐十歲那年，有天母親帶了個好大的香瓜回來，剖開瓜香四溢，淺綠的瓜瓤粉碧剔透如玉，她拿著根湯匙，滿心歡悅地在初午的陽光下一勺勺挖著，即使現在閉起眼睛，那香瓜甜蜜的滋味還殘留在舌尖。母親細心把整個瓜切好冰起來，微笑看著她吃，用面紙幫她拭去順嘴角而下的汁液，然後，拍拍她的頭要她好好看家，說她得出去辦點事。那是母親最後一次回到這個家。

在離婚手續辦妥之前，她都沒有再見到母親。之後，每個月她大概有兩次機會到母親和她情人的愛巢共度週末。讓母親離開父親的第三者，是個比父親還高大的金髮女郎，胸部扁平而肌肉練得相當發達，說話聲音低沉，但和母親一樣溫柔善解人意。

她聽母親對那人說，十二年的婚姻，爲他把孩子拉拔大，還要應付他媽冷嘲熱諷百般刁難，也不算虧欠他，只是苦了這孩子。然後，母親會轉頭對她笑著，笑

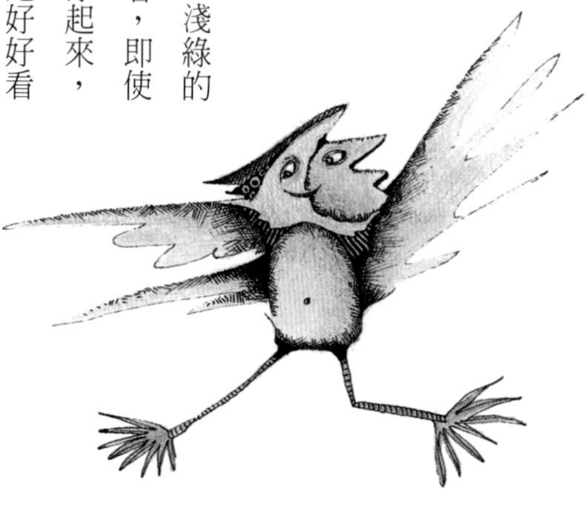

容裡有點苦澀的無奈，「記著，媽媽永遠是愛你的。媽媽只是沒辦法再和爸爸生活下去，所以不能住在一起。如果有誰敢說你是沒娘的孩子，就說媽媽比任何人都愛妳，絕對不是不要妳的。」

但母親的愛沒能使她在這保守封閉小鎮的生活更容易。離婚已經夠糟了，居然還是個女同性戀！他們馬上成爲醜聞之家，走在路上都有人指指點點，父親變得更陰沉，把自己鎖了起來對她不理不睬，祖母看了她就搖頭；支撐著她的，只有每個月兩次短暫的週末假期，以及母親不斷在耳邊重複那無限的愛微薄的影子。有一次，又是香瓜的季節，母親的女友也捧了一個回來，切了一盤大家吃。她看著那兩人又起切成小塊的瓜瓤有說有笑，不知怎地，眼淚竟順著臉頰滑到嘴角；和著淚水的瓜嚐起來鹹而無味，完全不是母親出走那次那個瓜的香甜。

上寄宿學校是她期待的生命轉機。離開她生長而痛恨的小鎮，到另一個地方，和不知道她歷史的同年齡女孩們生活在一起，或許能讓她尋回童年失落歡笑的殘影。但是事情就是沒有她想像的單純。那些女孩不知用什麼管道打聽到她的故事，從此她在家鄉的噩夢在此延續，她們手拉著手在人前人後笑她、欺負她，把她東西藏起來，玩弄幼稚的惡作劇把戲，甚至在老師面前誣賴她，存心孤立她，讓她日子更難過。只有一個女孩子站出來護著她，就是這唯一的朋友，挽救了她寄宿學校悲慘的日子，讓她灰暗的天空現出一道彩虹。

這女孩來自一個背景雄厚的家庭，連老師們也搶著巴結，更別說那些勢利的小惡魔了，她們對班上的明星竟然對這醜小鴨青眼有加甚為不解。在餐廳裡，如果值日生故意只給她少得可憐的食物，她的新朋友會把她那一份跟她分享；當女孩們拒絕讓她加入她們的遊戲，她的好友會毅然離開這壁壘分明的團體，找些新鮮的把戲讓她開心。她們好到上廁所入浴都一起，晚上睡覺如果她沒有到她床上擠，她也會自己找了過來，兩個女孩就這樣低聲吱吱喳喳，相擁而眠。

女孩們年輕的身體開始發育，胸罩、月經成爲熱門的話題，洗澡時大家也開始偷窺評論那些早熟開始成形的乳房。H小姐正是班上少數身體迅速抽長，豐滿圓潤起來，馬上升格爲女人的佼佼者。在浴室裡，當水柱在她豐然隆起的胸部彈跳，或滑下那成熟得令人嫉妒的美臀，她知道所有的女孩都眼紅得發瘋，卻故意在她面前做鄙視之狀；而她，在劣境中成長也學乖了，還能故意把乳頭上未乾的水珠甩到她們身上，讓她們氣得半死。

晚上睡覺時，她那密友也會把手放在她胸上，喃喃道著觸感眞好，若是她也有這樣傲人的胸脯該有多好。**H**小姐總會握著她的手，慰藉地說會的會的，只是時間早晚的問題。有時她好友會解開她睡衣的鈕子，把雙唇貼到那柔潤的胸乳上，輕輕地吻著，說妳好香，甜得像香瓜的味道。

就這樣，在某個圓月的夜裡，當所有人都熟睡之時，**H**小姐任好友放肆地舔著她下體，把手指探入最私密處，失去了她的童貞。兩個女孩的遊戲再也不能停留在思無邪的階段，閒言閒語在她們面前背後響起，很快導師舍監都知道入睡之後，兩人同宿的臥鋪常傳來窸窸窣窣的怪聲。當然，若有什麼可疑處，一定是**H**小姐的不是，有個同性戀的母親，做女兒的倒也得到眞傳，小小年紀就曉得勾引同性，傷風敗俗。這次，即使好友據理力爭也救不了她，有錢有勢的老爸不肯爲這點小事出面，**H**小姐就這樣硬生生被開除。

她把頭埋在母親鬆弛的雙乳間低泣著，問她爲什麼要變成同性戀。母親撫著她髮絲，半晌才說，「親愛的，對我來說不是什麼性別的問題，就是那個人的靈魂吸

不吸引我而已。我發現跟妳爸爸是個錯誤，現在的伴侶才是我要的，而她剛好是個女人，就是這樣。」

多年以後，H小姐於同性戀人權推廣共進會擔任要職，在某個雞尾酒會上巧遇當年的同窗好友。她結婚有了兩個小孩，丈夫是父親招贅的，即使家世沒有她顯赫也是頗有來頭。她早已失去少女的身段，那面龐比當年那個月夜的滿月還圓，調整胸衣努力撐住的下垂乳房，比她那時所欣羨少女的胸脯起碼大了三四倍。

兩人舉杯共慶重逢，H小姐問她過得好嗎，她聳聳肩，「還能壞到哪裡去？」她從水果盤裡挑出一片香瓜，大口塞進嘴裡，眼底迷濛了起來，拉著她的手，「妳知道嗎，妳走了以後我眞希望我也跟妳一起走。沒有妳一切都不一樣了，只有這香瓜老會讓我想到妳。想到妳……」她把聲量放低，「胸部和那裡……那好香的味道。那大概是我這輩子唯一最美好的回憶。」

H小姐看著她那樣迷醉地把香瓜一片片送進嘴裡，想起她十歲那個充滿陽光的午後。而她也像母親一般，帶著溫柔的笑意，擦去從好友嘴角不小心溢出的甜蜜汁液。

Iceberg Lettuce 西生菜（捲心萵苣）

出國鍍了層金回來，I小姐眞是不一樣了。

葡萄酒熱的那陣子，親朋好友競相推薦美國蓋洛酒廠的酒好喝，她皺著眉頭，「那酒在我們加州超級市場是最廉價的，哎呀，賣到台灣沒人識貨，就變成高級品了。」

想著她八成搬了一肚子酒經回來的朋友敬畏地問，那麼法國波爾多（Bordeaux）的紅葡萄酒呢？她說波爾多（Porto）在葡萄牙，它的甜酒是拿來騙小孩的，不登大雅之堂。

聽說某百貨公司地下美食街開了個乳酪專櫃，朋友問她這吃慣洋葷的專家，那裡賣的乳酪品質種類如何，她誇張地搖搖頭，「差多了，我們加州超級市場隨便賣的也比他們種類多多少，又新鮮！」有個促狹的朋友問她，乳酪不是黴菌發酵的乳製品嗎，怎麼會新鮮？問她美國超市到底有哪些珍品是這裡看不到的，她不耐煩地說，反正就是Cheddar和Parmesan等等等，多得數不清啦！

講到這西生菜，I小姐就嘆氣。「你知道嗎，我們加州蔬菜眞是豐富得沒話說，又不亂撒農藥，每樣都能生吃的！哪像在台灣，可以做沙拉的就這個，變也變不出什麼花樣。」到超級市場她總不忘嫌棄半天，然後一副莫可奈何地挑了個西生菜回去，人在台灣，因陋就簡，有什麼辦法呢？

對土生土長的台灣男子，她也是一樣唾棄；跟她一樣放過洋的，知道她的底細，所以她不能要；I小姐那顆比天高的心因而全意放在老外身上，有空就到在台外人聚集的酒吧俱樂部，看看有沒有什麼豔遇等著她。

豔遇是有，只不過未必是她撈得著的。通常洋人喜歡的東方女子不外骨感或性感，而這些她似乎都碰不著邊。既沒有狹長的鳳眼，細尖的臉蛋，纖瘦的削肩與臀線，外加一頭散落如瀑的長髮，I小姐是不符合外人想像裡典型中國女子的長相；沒有傲人的胸脯可以挺出來弔男人胃口，迷人的小蠻腰穿個小可愛露出肚臍，或勻稱的長腿裹在迷你裙絲襪裡勾魂，她又做不出性感小貓的裝扮；有的是肉感，但國外比她胖好幾倍的女人多的是，不足爲奇，無法作爲賣點。沒有風韻或是風情，I

小姐有的是東方女子的矜持，走到吧台叫杯飲料慢慢啜飲，四處觀望有沒有人要過來搭訕，因此多半只能看著那些穿得一個比一個惹火的辣妹帶走可能會來與她攀談的目標，恨得牙癢癢地，一點辦法也沒有。

這些洋人膚淺的程度即使I小姐也會吃驚，這也難怪了，有多少人來到台北是爲了溫柔蘊藉的中華文化？最讓她傷心的，是某一次她釣上了個外貌還頗中意，談吐也頗不俗的男子，一聊起來發現對方也是加州來的，更是一拍即合，像是他鄉遇故知，I小姐當然更不會放過這個機會讓他明白，她對美國文化也是頗爲了解與賞識。

那天晚上酒喝得不少，迷湯也被灌多了，I小姐竟也扮演起她一向陌生的豪放女角色，帶著男人回到她的公寓。一夜激情後在金龜婿的美夢裡醒來，含情脈脈的眼對著空白的枕，發現對方早已離去，也不曾再回來。以I小姐留學一遭仍沒有改善的英文程度，終於第一次了解什麼叫one night stand（一夜情）。

這個經驗讓I小姐學乖的一點，是聲色場所畢竟不是找終身伴侶的好地方，於是她開始冀望於外銷的女朋友們身上，要她們或老公介紹青年才俊。就是這樣，她在某個朋友家裡的宴會上認識了I先生。

I先生遠離故鄉就是爲了充分接觸東方的神祕，因爲，他告訴I小姐，「這個西方資本主義的世界沒什麼可以給我的。越在庸庸碌碌的人群裡我越覺得孤寂，只有把自己放逐到了亞洲，我才覺得完全活了過來。」I小姐不是很了解存在主義或異國情調的精髓，但講起話來如此深奧的人應該不是一覺醒來就會失蹤的，所以不妨把他放入考慮名單。

I先生在台灣沒有固定的職業。他四海爲家的胸襟讓他沒有辦法在一個地方久待，所以他總是從這個英語補習班跳到另一個，青黃不接時偶而找些翻譯或家教的工作，手邊有閒錢花得也是很慷慨，存款從沒有提升的機會。I小姐認識他沒多久，被他借住叨擾已久的一對夫婦正煩不勝煩地想辦法請他走路，而I小姐一時被激起了對方若是同胞則不可能有的熱心，自告奮勇讓他搬了過來，作爲他找到居所前的權宜之計。他從此就沒有搬走。

剛開始，I小姐爲他在客廳打了個地鋪，後來有一天，他摸了一瓶洋酒回來與她相談甚歡，伺機而動地把對話搬到床上去，從此以後，他把東西也搬進主臥房，

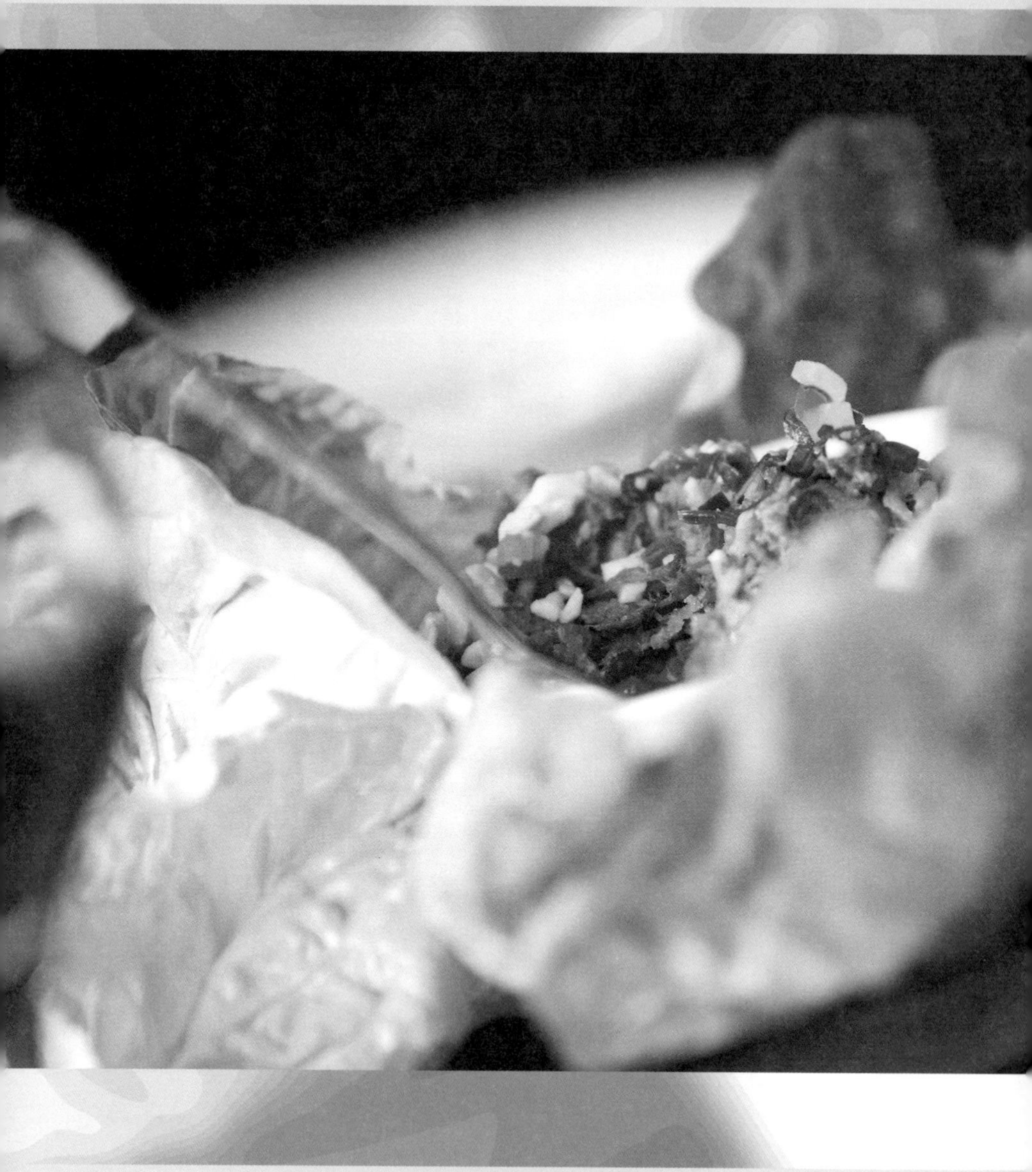

頗以男主人自居。以I小姐的洋派作風，竟然沒有要求他為房租生活費提供一半的貢獻，他自然也不會想自己掏腰包了。

當I小姐終於奉兒女之命結婚時，喜宴上賓客看著身無長物一無所長的新郎，想著I小姐若是內銷的話，是否能嫁得更好呢？這話當然不能在新娘面前提的，而且菜一上桌，三杯下肚，大家馬上忘得乾乾淨淨。接近中場，那盤西生菜扒鮑魚冬菇吃得大家讚不絕口，連I小姐自己都說，這樣燉煮也不錯，西生菜不一定要做沙拉才好吃，雖然我們加州……

小孩下地，大部分都是她那閒在家裡的老公帶，I小姐為養活這個家已經是夠鞠躬盡瘁的了。有時看看他坐在沙發上看電視，那樣一個貌不驚人，頭上稀髮像是幾片菜葉覆著的西方男子，I小姐會問自己，值得這樣汲汲經營共度一生嗎？

畢竟在台灣，因陋就簡，有什麼辦法呢？

Jackfruit 波羅蜜

J先生邁入不惑之年已不是一兩天的事，如花美眷始終沒有著落；年逾七旬的老母不得有孫承歡膝下，爲J家絕後在即，終日以淚洗面。

J先生自己並不是不惱，他訝異自己堂堂七尺之軀，這樣挺拔瀟灑的好兒郎，多年尋覓竟無良緣在握，可見這些台灣女子見識多麼淺薄，沒有一個是識得千里馬的伯樂！

這天J先生在夜市小吃攤叫了臭豆腐，正要大快朵頤之際，看到那桌上有幾張粉紅色「千里姻緣國際公司」的廣告，便隨手拿來翻閱；不看還好，一看拍案叫絕，果然遇到了知音。原來這家公司針對時代變遷，現代人求偶模式面臨挑戰提出解決之道，扮演月老千里姻緣一線牽，眞是善莫大焉。文中還詳細列舉中國越南泰國柬埔寨新娘各自優劣，讓J先生一目瞭然，感念這千里姻緣國際公司的巧思慧心；偷偷摸摸趁老闆和旁人不注意夾帶一張回去，母親看了也是大表欣慰，鼓勵他立即行動，娶個美嬌娘承受庭訓，早生貴子光宗耀祖。

兩人商議之下，雖然中國新娘同文同種，不須特別訓練便可融入社會，而且一般程度較高知書達禮，但這幾年大陸經濟起飛，把她們的身價也炒起來了，正所謂千金難買美人笑；越南新娘據云貌美姿嬌，胸挺腰細無限窈窕，但所費也不貲，不在考慮範圍。最後敲定泰國新娘，聽說她們個個甜美乖巧，善體人意，又是每個都一手泰國按摩好工夫，到時親子兩人都受用無窮，而且，眞是物美價廉。J先生不是那麼在意語言不通的問題，反正她可以學，聽得懂指令的程度不會太難，而且饒舌伶牙俐齒的女人麻煩，他不是不知道；就這樣好，省得在他耳畔嘮叨。

按千里姻緣國際公司的指示準備訂金聘禮，J先生跟著服務態度親切的工作人員跑了趟曼谷，相中比他小二十歲的小姐，結婚到廟裡聽和尚念經聽得昏昏欲睡，心裡想著洞房裡讓太太給他泰國浴泰國按摩消除疲勞。喜宴上各式熱帶水果上了，榴槤山竹紅毛丹波羅蜜點綴得好不熱鬧，J先生從沒看過波羅蜜，連問那是什麼。翻譯跟他解釋這果實是榴槤兄弟，據說當年三寶太監鄭和下南洋，哪天吃壞了肚子，拉出來的東西爬上樹，小的臭的變成榴槤，大的香的就是波羅蜜。J先生看著那宏偉還勝於西瓜，荊刺滿身的大果實，彷彿是一剖開，就有個白白胖胖小子像桃太郎那樣蹦出來，不覺春風滿面；他請翻譯告訴剛結下的親家，台灣物產豐隆，應有盡有，像這樣的果物也買得到，定可減少太太思鄉之情。後來，J先生慰問工作人員的辛勞，他們都笑容滿面地，「不客氣不客氣，喜事嘛，大家高興。」

回到台灣，J先生依照《千里姻緣國際公司結婚須知手冊》的指示，每個禮拜都打電話給太太，如果忘了照手冊上強調的，以充滿情意的聲音念好幾次我愛你，還會打回去補充說明，培養感情。三個月以後，太太終於如願以償到台灣來了。新婚果真是如膠似漆甜甜蜜蜜，J先生總是帶著玫瑰色的心情回家，品嚐太太香濃火辣的泰式料理，領受像手冊上寫的那樣悱惻纏綿的閨房之樂；從家事上退役下來的J媽媽也是樂不可支，整

天在家裡指揮媳婦怎麼操持內務，而這兩個語言不通的女人，在這等事上溝通竟奇蹟似地順暢。

J太太畢竟年輕潛力足，沒多久就有孕了，讓J先生母子欣喜若狂，鎮日等著個波羅泰郎從她肚皮裡蹦出來。小娃子落地了，是個小壯丁，皮膚和媽媽一樣暗褐；滿月酒席上親戚都爭著抱，說他長相好，他日必是個健康活潑的陽光男孩。

孩子生了後J先生和母親商量，請她再拾起舊日家務的部分，讓J太太能到外邊幫傭，也賺取收入補貼家用，現在多了一張小口吃飯，而且，他上大學的錢從小就得存好才是。J婆婆雖心有不願，兒子講的畢竟是實話，也就勉勉強強答應了。

J先生每天上班比以前多了好幾股勁，妻小果然是人生一大目標動力，他眞是不明白爲什麼有人會不想結

婚；結婚好處這麼多，要女人不用去外面找，省錢省力省時，經濟上不只節流還開源，就看太太爲他帶入的額外收入，讓他想著抱獨身主義那些人一定是寡人有疾，精神上有什麼偏差。

這天，J婆婆上街買菜，那個快嘴的鄰居在她耳邊報信，說看到她媳婦跟前面工地的泰籍勞工走在一起；J婆婆心裡有個警惕，更加留意媳婦作息舉動，怕媳婦和那傳說中的男主角眞有什麼不可告人之事，畢竟這兩人說起泰文來就是那樣不可告人。留心一個半月，竟被她逮到J太太在該到雇主家的時分，隨暗號摸進同族青年的工寮。J婆婆馬上撥個電話給兒子，晴天霹靂轟碎了他已婚男子的鴛鴦蝴蝶夢。他火速趕回家，和老母抱頭痛哭，惡咒泰國女子水性楊花，個個賤貨，怪不得那孩子膚色偏黑，原來根本不是他的；這波羅蜜若眞是三寶太監的大便，從裡面蹦出來的小子會是什麼好兒郎嗎？啊，一切休矣，波羅蜜再香甜畢竟多刺。這時J太太竟滿臉笑意歡悅地回來，J先生哪看得下去，一個巴掌過去，抓著她頭髮就往牆上砸。

服務一向周到的千里姻緣國際公司又回來了，他們營業項目一應俱全，離婚諮詢也包括在內。顧問表示要J先生節哀順變，反正分手已成定局，千萬不可再下手造次，他太太手上好幾張的驗傷單已經大大提高這個離婚的費用；還有，J太太堅稱兒子絕對是他的，是不是考慮留著……

看J先生母子又歇斯底里起來，顧問忙著安撫，好說好說，細節我們可以慢慢談，只要千里姻緣國際公司在，有緣無緣我們為您牽線斷線；這個了結了，我們保證再為您介紹身家清白操行良好的嬌妻，只是，您若考慮年齡相差不要太大，十歲十五歲之間的，還有娶妻娶德不是娶貌，成功機率比較大……

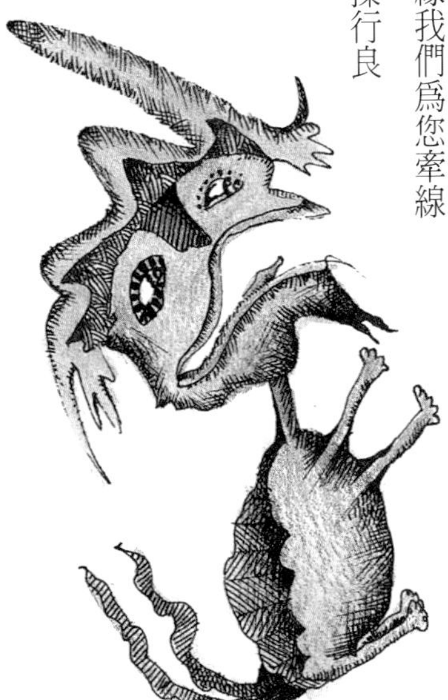

Kiwi Fruit 奇異果（獼猴桃）

K先生走進某知名雕刻家在紐約蘇活區的工作室是滿心期待的。朋友們對他在棕櫚泉新置的豪宅都讚賞有加，唯獨他那做藝評家的朋友告訴他，家裡擺個藝術品，可以提高格調，更顯出屋主不凡的品味，在這年頭是不可或缺的。也是這個朋友的介紹，讓他找上了這位藝術家。

K先生對藝術品的了解不超過羅浮宮的蒙納麗莎和維納斯塑像，並且有合照存證，但以他的程度倒還知道這年頭雖然攝影也被視爲一門藝術，這兩張放大的照片掛在客廳，好像還不能構成具有影響力的藝術品。他得找個有藝術家簽名的，而且是人家認得出來的簽名才行。

雕刻家走出來了，顯見是在工作中，手上的灰泥尚未抹淨，就伸手笑容滿面地招呼他；素聞藝術家大多不修邊幅，他也只有忍耐著沒有馬上掏出手帕擦拭。雕刻家和他一同坐在會客室黑皮的沙發上，問他有何指教。他把來意說了，不忘提起朋友對藝術家一向甚高的評價，如何讓他心儀不已，也渴望能擁有大師名作，希望大師無論如何在百忙中抽空，能讓他也帶個無價之寶回去。

雕刻家微笑點頭，「承蒙您的厚愛，眞是不敢當。但您說了，在紐約只待兩個禮拜，這個交件時間對我來說短了點。您知道的，現代美術館打算爲我辦個回顧展，我已經答應了給他們兩件新作配合展覽；另外手上還有幾件私人委託，實在忙不過來……」

K先生表示他了解藝術家的難處，但以他對雕刻的鑑賞與熱愛，實在不甘願空手而回，可能的話，是否麻煩他忙裡偷閒雕個小像，就不會花掉他許多寶貴的時間，像一個小小的維納斯塑像之類……

雕刻家仍是笑容可掬，「多謝您的諒解。但從藝術學院畢業以來，我就再沒碰過維納斯那樣的古典題材了。如果您要的是維納斯，也許該另請高明。」

K先生忙說他當然知道雕刻家是現代藝術的泰斗，就憑此，必能給陳腐的題材賦予新意，希望雕刻家成全他一番痴心，能大刀闊斧爲他塑出一尊傳世的作品。最後講定了價錢，同意兩個禮拜以後，K先生上飛機之前來取件。

K先生這個禮拜就在蘇活其他藝廊逛逛，順口打聽藝術家的行情，當然不忘得意地透露雕刻家受他委託趕工，讓那些奉承貴人成習慣的藝界人士隨口讚嘆幾句，心裡志得意滿。他在第五街也繞了一圈，把老婆購物單上羅列的買齊以外，還到現代美術館晃晃，看看雕刻家展覽預告的宣傳海報，喃喃自語著，啊，可惜我看不到了，不過沒關係，回到家裡看看他為我雕的作品也是一樣的。

一個禮拜過去，K先生打電話給雕刻家，秘書告訴他老師說進度良好，可望按時交件，請他不用操心。

這禮拜過得很漫長，K先生到百老匯看了幾齣音樂劇，在大都會歌劇院裡睡了個好覺，該辦的事辦得差不多，該買的也買了，紐約這大都會可資消遣的竟也不過如此，覺得有些悶得慌。不過想到熬過這幾天就可以抱著雕像回去，在豪宅裡開個宴會宣示自己也成為風雅人士，心情是愉快的。

他在約定的時間到達，祕書泡了咖啡切了盤水果，請他稍坐片刻，老師還在為他的雕像做最後的修飾，馬上就來。祕書陪著他聊了一下，電話響起又忙著去了。

K先生翻了翻架子上的雜誌，叉起一片蘋果，百無聊賴地看著水果盤。不愧是現代藝術家，連這盤水果都切得別出心裁，那蘋果大部分削了皮，只在一端留了個有稜有角的頭，造型挺流線的；那些香瓜葡萄點綴蘋果之間，擺得像個現代叢林，居然有點陰森的氣氛。整個水果盤的中心是切成鋸齒狀的奇異果，張牙舞爪撲嘯而來。K先生從來沒有發現奇異果竟是這樣充滿現代藝術精神的水果，看它帶著獼猴細毛的外皮，那一片綠意中無數黑點的埋伏，以及中心毫不含糊的白紋，在藝術家盤子上呈現出的鋸齒造型，可不是他毫不熟識的米羅、康定斯基的基本線條都躍然而出了嗎？

K先生先生發了好一陣子的呆，直到雕刻家終於捧著一塊大理石出來。那只是個方形的柱體，簡簡單單敲掉邊緣，一個女人的頭像竟呼之欲出，臉部再敲出幾個洞，女人那空洞又豐富的眼眶，堅定的唇就那樣勾勒出來。K先生馬上付現，滿意地說這樣偉大的作品，叫他多付一千倍的價錢也願意；他推崇大師的創意，非常驚異大師在短短兩個禮拜之間竟能有這樣的成績。

雕刻家笑了，說其實是兩小時的時間。「在你來之前才開始的。」

K先生再看著他的維納斯。兩小時的作品！他覺得像受了騙一般。他數著雕刻家總共劃下幾刀，再把它除以他付出的天文數字，這下覺得不太値得了，不覺冒出一句，「喔，你們賺這個錢還蠻容易的。」

雕刻家開口了，「不，不是那麼容易。」說著，他拿起還在手上的刻刀，在K先生來得及阻止之前，以俐落的手法輕易毀了那雕像。然後，把錢全數退給K先生。

K先生徒勞地想摸個大理石的殘塊回去，被雕刻家阻止。「拿著你觀光客的錢去別的地方花吧！」他依舊滿臉笑容地請他離開工作室。

K先生在飛機上想著要怎麼跟老婆親友交代。最後他決定告訴他們，現代藝術畢竟不適合新居的格調，下次，他和妻子會從歐洲帶回一尊眞正古典的名家作品。

Lime 萊姆

L小姐看過《巧克力情人》（*Like Water for Chocolate*）一片之後，對墨西哥大爲改觀，從此衷心嚮往。當然她所嚮往的不是專制蠻橫、高高在上的母權，或是在它壓迫下被粉碎那小小的戀愛花朵，而是依四時節令不同變換的豐富美食，還有那美食挑起的感情慾望波動。

之前她一直以爲墨西哥菜就是玉米片、薄餅捲起的高熱量食品，沒什麼精緻可言。但電影裡呈現出那華美不遜於《飲食男女》的佳餚，讓她眼界大開，慚愧自己的刻板印象輕易抹滅一個陌生文化優美之處；而最讓她驚豔的，尤是劇中的玫瑰鵪鶉。那不是中國人有名無實的玫瑰雞，那些小巧玲瓏的鳥兒，是眞的經過馥郁玫瑰醬烤得金黃，盛在鋪滿玫瑰花瓣浪漫得簡直匪夷所思的盤子上，一入口馬上讓人全心盈滿初戀的喜悅，以致女主角的妹妹在原野裸奔，被情人劫持上馬揚長而去。

這樣效果驚人的美饌，怎能不親口嚐嚐！於是在全家商討這次渡假去處時，她極力推薦墨西哥，也如願以償得到衆人肯定的回應。

在飛機上，L小姐攤開在機場書店買的《巧克力情人》原著拜讀，在藍天白雲那一端展開的墨西哥假期美景，讓她看沒幾頁就墜入夢鄉；甚至沒注意到封面內頁註明的，本書所有食譜和故事一樣，全屬虛構，若讀者依樣試做，後果自行負責。

玫瑰鵪鶉還沒找到，L小姐發現自己已完全暴露於龍舌蘭文化之中。墨西哥人嗜喝這仙人掌兄弟提煉出來的烈酒，不管乾飲或調雞尾酒都甘之若飴。第一天晚餐侍者就過來推銷，用著破碎的英文解釋，墨西哥人的養生之道，就在早晚三餐後各一杯龍舌蘭，他建議這些遊客們從現在開始效法，保證每個人都活到九十歲；說著，他喊來一群嘍囉，當場調製強迫每個人都灌下一杯。L小姐看著他的助手俐落地切開一個小萊姆，壓出果汁倒進特製的小杯中，撒撮鹽倒滿龍舌蘭，用手心封住杯口，竟把那杯子用力往桌上一摜，她嚇得幾乎要落荒而逃，唯恐杯子碎片飛到身上。侍者一把抓住她，宣稱眞正的墨西哥玻璃就是禁得起摔，他把那杯酒捧到她面前，要她見證這樣混合的龍舌蘭是否特別好喝。L小姐稍一遲疑，正想著自己不知能否勝此酒力，侍者已捏著她鼻子一把灌下去，然後和嘍囉們鼓掌，用西班牙文大聲叫著好。

每家餐廳總會有他們獨門的瑪格麗特配方。基本上是各色新鮮果汁加雪泥與龍舌蘭，但再怎麼變化，萊姆的瑪格麗特還是以正統自居。不只瑪格麗特，連可樂娜啤酒的杯口都會插片萊姆，讓客人擠了汁，把它塞進瓶裡去，看來萊姆在這個國家的飲料文化地位眞是舉足輕重。

這天，又到晚餐時間，菜過數巡，侍者們照例鼓譟著來灌龍舌蘭，而這時，L小姐一眼瞥見了她的巧克力情人。在那三個侍者中，最年輕的一個長得還眞有點神似那電影的男主角，個子雖小了點，皮膚也黑了點，那雙眼睛活靈活現，在長長捲翹的睫毛下，一眨一眨就是引人愛憐。但在此刻，那眼睛無精打采，嘴巴也嘟著，一副無聊至極的樣子。

L小姐了解他心裡在想什麼。確實，如果一個人每天這樣的把戲要玩二三十次，每個禮拜累積起來數百次，他不覺得無聊才是奇怪；但這人也眞是好笑，不像他另外兩個年長的同伴那樣故作興高采烈爲客人助興，竟然就把他的心情老老實實表現在臉上。

他們來到L小姐這一桌，舉起那一甕龍舌蘭酒，大家都搖著頭。那嘟著嘴的小王子轉頭跟同伴不知說了什麼，但L小姐憑直覺判斷大約是在講東方人生性保守拘束，也不必勸了之類的，心裡一熱，就招手說她要。那一剎那，她看到那原本無神的眼睛一閃，恢復一點光芒，饒有興致地幫她擠萊姆汁調了一杯，端了上來。她一飲而盡，那烈酒竟沒有沿著喉嚨燒下去，而是上升到她腦門，從她視線裡射出來，把她睫毛也燙得一捲一捲地；她就那樣斜睨著他，把酒杯遞回去，像是在問，我乾了，那你呢？

他眼睛更亮了，自己也乾了一杯，伸手向她，標準的拉丁情人架勢，「跳舞嗎？」

L小姐顧不了爸爸皺著的眉頭，媽媽疑慮的表情，和弟弟們滿臉好奇的眼神，起身接過他的手，就著擴音器播出的熱情旋律，一轉身已在他懷抱中，在狹窄的走道上跳起來。

果眞是異性相吸，那老中青三代的侍者們都搶著邀舞，但她的巧克力王子只讓出一支，其他時候都捧著她不放；除了她爸媽，所有的人都鼓掌喝采著，另一個侍者更合作地給她那一桌送上甜點，暫時封住她家人的口。天知道她根本不會跳Salsa，但那杯萊姆龍舌蘭彷彿讓她身體輕了起來，在巧克力王子有力的臂膀下，怎麼迴轉都靈動，這曲結束，他把她一轉，一腿健步邁到她身後，讓她整個人倒在那腿上，還大膽拉起她足尖，這個特技動作馬上博得滿堂彩。那一瞬間，她覺得夢裡玫瑰鵪鶉的花瓣都飄落到她身上。

在爸爸有時間說「女兒，可以了」之前，他擁著她早已舞到走道的另一頭。兩人貼得更緊了，從彼此胸膛傳來清晰可聞的心跳，間在節奏分明的拉丁音樂裡，正如他跨進她兩足間的一隻腳，隨著音樂舞步的律動擦著她的大腿，每一步都是那麼銷魂。他那雙眼睛在巧克力膚色的臉龐下更亮得出奇，把在它深處她的幻影也映照得那麼絢麗繽紛，妖姿曼妙。

他終於在眾人歡騰下把她送回家人身邊。爸爸彷彿嘀咕了些什麼，她沒有聽清楚，嘴裡嚐著化了一半的冰淇淋，心裡已在惋惜她巧克力戀情的結束。她的王子在遠處眨著眼，覷著她老爸，兩人都是無可奈何，她終於開始後悔這個家庭假期的安排。啊，如果今天是跟幾個女友一同出遊，這時她們會在一旁糗她，把她放單回到旅館，而她會在吧台一旁啜著瑪格麗特，跟她的巧克力王子眉目傳情，等著他下班。

爸爸付了帳走個頭先，她以上洗手間爲藉口殿後，在穿衣鏡前凝視自己閃爍的眼和發紅的面頰，對著窗几上供著的小小聖母像祈禱著，瑪麗亞，雖然妳已遠離人間男女歡愛，總能懂得年輕女孩們的憧憬，讓他知道我的心意吧！走出洗手間，她的王子已等在門口，那雙還記憶猶新的手臂擁她入懷，低頭就吻。在那美妙的暈眩中，她眼前浮現原野牧場的風景，自己彷彿裸身與王子在馬背上熱吻，策馬奔向不可知的彼方。

老爸不耐煩的聲音從樓下響起，爲他們把風那上了年紀的侍者一面阻止他上樓，一面笑著說她正在喝最後一杯龍舌蘭幫助消化，馬上就來。

那兩人從旋轉樓梯步下，一時鴉雀無聲，他們莊重肅穆的表情讓人覺得一絲喧譁都像是褻瀆。做爸爸的看著女兒，身上的襯衫牛仔褲彷彿化成卡門的紅衣黑裙，攀住她鬥牛士的手臂，走到他的面前。

Mango 芒果

M小姐皮膚天生過敏，蝦蟹都不敢多吃，就是嗜食芒果，戒也戒不了，祖母說了就搖頭，「剛出生看她皮膚白細細的，粉哦！都是吃芒果吃黃的。就知道芒果性熱性毒，自己皮膚又嫩耐不住還敢吃，吃得這個樣子，你看她每一件襯衫領子，流汗都是黃的。」

M小姐說時代不一樣了，現在不是一白遮三醜，她的小麥色肌膚健康自然，是女性美的新形象；祖母反唇相譏，是哦，看我們去菲律賓人家對妳特別親切，還以為是同鄉的。她說祖母迷信，不看黃曆不敢出門，那黃曆這麼準，預測出台灣九二一的大地震了嗎？黃曆背後的食物相剋圖指出柿子跟酒不能同時吃，會中毒，她就特別吃給她看，證明沒事；所以，她宣稱，芒果性毒是無稽之談。

祖母年輕的時候一張嘴也是愛跟人辯個沒完，現在修養到了不與年輕人計較，只是笑笑；就任她吃，出疹子，再幫她泡湯澡消疹。

她跟祖母在家裡鬥嘴，出去人家都說像姊妹，讓她心裡還著實惱，雖然六十幾歲的祖母會像少女般微笑推辭。不過祖母年輕的時候確實標緻，有照爲證，即使現在仍黑髮如雲，皺紋比起同年的老太太們來說是出奇地少；她說這些拜她長年以黑芝麻海菜調養，小黃瓜蛋清敷臉之賜，M小姐若趁年少就開始依法養顏，將來可望也能多留住青春。

M小姐向來不聽她那一套，她用的化妝品是最高檔的法國貨，小黃瓜黑芝麻怎可能是敵手？眼霜雖註明了有小黃瓜提煉的高級美顏素，但那絕對比生小黃瓜營養精華，不是祖母的土法可比的。

她第一次把男朋友帶回來，祖母就沒有好評價。「我看這傢伙只有一張嘴聒聒叫。這樣的男人要小心，眞心都看不到，講得再好聽有什麼用？」祖母在背後批評。M爸爸M媽媽不予置評，M小姐可不服氣了，她說祖母是死腦筋，就只能贊同舊時代木訥寡言的呆瓜，看不得全才能幹的新好男人。他們古代媒妁之言結婚還不是靠媒人一張嘴？講到這兒，看到祖母眼波一轉，媽媽想說什麼欲言又止，她也自覺不好意思，沒再說下去。

日子定下來了，祖母沒再說話。結婚請客那天，最後還上了她最愛的芒果青，說是情人果，酸酸甜甜戀愛的滋味，讓小倆口廝守一生。她看著碧綠晶瑩的芒果片襯在碎冰之間，像是初承雨露之恩的嫩草清新可人，把新郎的臂挽得更緊了；可惜那芒果醃得火候不足，青澀了一點。

夫妻口角開始頻繁，M小姐偶而鬧回娘家，祖母說了，「當初你不是看上他那一張嘴？」她氣得不說話，祖母拍拍她，「得饒人處且饒人，退一步海闊天空。」

「又不是我的錯，爲什麼我得讓他？爲什麼他不退一步讓我海闊天空？」

「夫妻之間帳是沒有辦法算這麼清楚的，」祖母搖頭對她笑，「是非對錯在誰都不重要，人還是要相處，日子還是要過。」

她覺得祖母太迂腐，老拿舊時代的道理來教訓她。丈夫終究總是溫顏軟語，鮮花芒果求她回去，更證明她是對的。

但這次，在娘家待了一個禮拜還沒有消息，她才知道他在外面有了別人。他終於來了，跟她攤牌；如果她願意回去，大老婆的名分不用擔心，吃香喝辣穿戴光鮮也不成問題，只有一點，每個禮拜把他分幾天給那個女人。他居然還記得帶她最愛的芒果來，那是她第一次覺得芒果毒，碰都不想碰。

在父母姊妹淘面前都哭過了，狗頭軍師的意見也聽了不少，還是不知道怎麼辦。

那天她又在祖母懷裡哭，哭到心肝都掏出來，看著它像一顆該死的芒果，老讓她過敏全身難受，卻又割不捨放不下。祖母嘆了口氣，「別難過了，生在妳這個時代，已經比我們做女孩子的時候容易多了，妳只要下個決心而已，想好就不要哭了。」她在淚眼中問祖母什麼樣的決心，祖母說除了妳自己沒有人曉得。

丈夫知道勸不得她回心轉意，終於答應離婚。後來她聽說那女人也很快出局，之後又是一個，另一個。他也許眞是最喜歡她的，但就是沒辦法只守著她一個。

搬回來以後，驀然回首發現祖母老矣，小黃瓜與黑芝麻的能耐只能到此了。她白髮終於浮現鬢角，皺紋由原先眼角額頭侵入下半臉；往常健朗的身子也逐漸出現小毛病，午睡時間延長了，步伐也不再那麼穩定。在某一次流行感冒的肆虐中她倒了下來，家人都以爲多休息補充維他命C就好，三個禮拜後還沒有起色，在醫院發現肺部、尿道都受到感染，情形比想像中嚴重；M小姐只能在慌亂中看著她的生命點點滴滴地流逝，沒有人想到一個小感冒竟能奪去一條性命。

告別式上M小姐看到不少陌生的親戚，聽他們說是「另一房」那邊來的，不曉得怎麼回事。母親把她拉到一旁，低聲說，「是妳爺爺的大房老婆。」

「爺爺有大老婆？」M小姐簡直不敢相信心高氣傲的祖母願意做人家小的。而且，想起那老愛逗著她玩滿臉慈藹的祖父，印象中直到過世前都住在家裡，不記得偶而也必須回什麼「另一個家」的。

母親告訴她，祖母家境清苦，不到十歲就到別人家裡做童養媳，等著長大圓房；結果小丈夫還等不到圓房她已經被拐走了，跟爺爺私奔到家才發現他有另一個老婆。

「妳爺爺是眞的喜歡妳奶奶，那當然了，他那個媒人說成的元配不認得幾個字，像奶奶這樣聰明靈敏又寫得一手好字，誰不喜歡？可是男人還是自私，他故意不說家裡早就幫他娶親了，奶奶才這樣糊裡糊塗跟他走的。」

結果祖母又逃離祖父身邊，自己再怎麼心碎也不忍心拆散人家姻緣。她是不可能再回頭找養父母跟小丈夫，生她的那個家賣了她做童養媳就恩斷義絕，她因而立下決心靠勞力養活自己，即使辛苦至少堅定地過這一生；誰知祖父竟還是把她找到，而在這時她又發現自己已經懷孕……

「想不到嗎？」母親看著她笑了，「妳奶奶在她的年代是摩登女子呢！」

M小姐隨著靈車到了火葬場，看他們把棺木推進冒著烈焰的閘門裡。門一關上什麼也看不到，但M小姐聽到爐內火舌異常的騷動，在那華美淒豔的燃燒之中，有那麼一隻鳳凰在火裡重生，正展翅騰空而去。

Nectarine 玫瑰桃

N小姐與男友的邂逅是在桃華滿樹的三月天，戀曲的巔峰，就在桃子上市的季節。

在那個晴空萬里，微風一起櫻落如雪的日子，N小姐獨自在公園桃樹下看書；累了，正想休息片刻，隔壁石頭上竟演出一場絕妙好戲。原先坐在那裡的也是個像她這般的妙齡女子，躲在樹蔭下讓樹梢間撒落點點光影濾到身上，享受這美好的週日下午。有個披頭散髮邋裡邋遢的男人走過來，問她這石頭還有人坐嗎，她懶洋洋地搖頭；那人在她身旁坐下，出乎意料之外，後續的搭訕台詞還沒上場，就把佳人摟入懷裡縱情親吻，看得N小姐目瞪口呆；一個長吻之後，兩人拍拍屁股從石頭上起身，相擁著走出公園。

是舊識吧，N小姐想著，否則進展得也太快了，簡直不可思議。這時，對面椅子上坐著的男人走了過來，問她，「小姐，這石頭有人坐嗎？」對方不是個披頭龐克族，他看來一臉認眞，只有眼裡帶著點頑皮的笑意。N小姐回答了，「你沒看到我坐在上面嗎？」她故意要把聲音壓得嚴肅，但那語尾蕩在春風裡，柔軟得像朵緩緩飄落的桃花。

那人坐到隔壁空出來的石頭上，吐了個舌頭對她笑著，「還是不如想像中那麼容易的，不是嗎？」N小姐沒有理會他，低頭繼續看書，嘴角卻不自覺如柳絲隨風而翹。

後來他們每次回到初次定情的公園，都會到桃樹下那塊石頭上坐坐。有時來得晚了，石頭找到了別的知己，他甚至會走過去，客氣地跟坐在上面的人兒說，「對不起，這是我們的石頭，能請您讓一讓嗎？」再怎麼不解風情的人聽了這個故事，都會莞然一笑，大方地把「他們的石頭」讓出來。他們初識那個桃紅豔麗的季節早已過去，樹上開始結實累累，一個個指頭大的小桃子冒出頭來，像氣球樣迅速脹大，把母親瓣蕊上那鮮豔的胭脂染上自己的臉頰。

桃子盛產的季節裡，N小姐總會多多添購以慰口腹。在台灣除了土生的硬桃，任何進口的桃子都貴。她最愛的日本水蜜桃，每個大得要用兩個巴掌捧著，剝了皮咬下去，那難言的甜美多汁與撲鼻的桃香，讓她在夢裡也會饞醒；後來有了加州玫瑰桃，讓她初次見識到無毛的桃子。日文桃子（もも）的發音字形都像台語的「毛毛」，更使她根深蒂固堅信桃子都應該是有毛的；而且，進口桃子不是該咬下去棉軟多汁，怎可能也堅實脆爽，甚或喀吱有聲？但這桃子確實平滑如鏡，色澤更鮮，少了這層纖毛的面紗，就像薄霧散去的鏡湖，映在裡面青山綠樹，垂楊落日，歷歷如畫；咬進桃子的那排牙齒，就像划過湖面小舟的排槳，留下一片不會消失的水痕。

男友對桃子的偏好與她不相上下。桃子，這個讓他們相戀的桃樹愛情結晶，更爲兩人這段佳話做了個很好的註腳。他們遍嚐各式各樣的桃子，黃的白的，有毛無毛，水蜜或玫瑰；享受當季果物的新鮮甜美之餘，男友雙頰總是會泛起幸福的紅暈，滿足地說，看我們多相

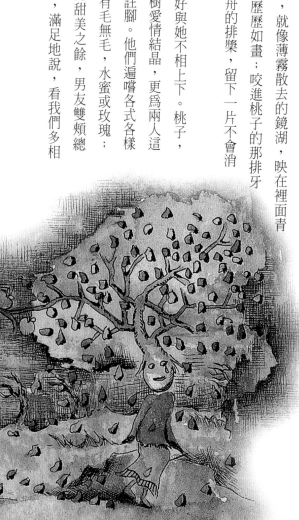

配，連吃桃子也這麼有志一同。N小姐溺愛地看著他頰上那點紅，活像個成熟的白桃，笑著想，簡直像個小嬰兒似的，紅白這樣分明。

做愛時他一個經典的小把戲，是要她臥著，讓他愛撫親吻臀部，把那舌頭來回撩著她，然後，在她恍惚之時，狠狠地咬一口；她叫了出來，喊著痛，說他狠心，他笑嘻嘻地說像這樣甜蜜的傷痛她得學著承受。第一次玩對她來說是個意外突襲，後來習慣了，她有時還提防著，樂趣就在他怎麼讓她鬆懈警備，找到下口最好的時機。他對她那桃也似的豐臀情有獨鍾，每天早上起身前總要吻個一下；若是晚了，醒來她已經在鏡前更衣攬妝，他會跑來拉下她底褲再香一個。有時抱著她溫柔地說她像桃子般香嫩

可口，有時故意逗她說，「該運動了，看妳屁股像個水蜜桃一樣鬆垮垮的。」她會追著打他，直到他說是緊實平滑的玫瑰桃爲止。

N小姐沒想到的，是以爲可以持久的戀情，在桃子的季節過去竟也無疾而終。或許一開始已經註定如此。《詩經》上不是說「桃之夭夭」嗎？美少者多不常，隨桃花桃實而起的戀曲，終究要夭折的吧！帶著美好的回憶平靜地分手，也不能算遺憾了。那個秋天，洛磯山脈的楓紅依樣燒得滿坑滿谷，把仲夏陰鬱的綠意燒得乾乾淨淨，連天空都被它燒藍了，而那不是春季被紅粉點綴的天藍，而是近乎熱帶海洋的碧晶寶藍。以往N小姐總是歡欣鼓舞，驚嘆於自然絢麗的彩筆；這個秋天豔麗依舊，但那綿延千里的豔黃猩紅，怎麼看都像玫瑰桃鏡面上風景的無限放大，隨著桃子失落的那個男人總也無可避免浮上心頭。那是N小姐的第一個悲秋。

秋去春來，寒暑交替之間，N小姐已是一個孩子的媽媽，年輕有爲的老公是衆多女友欣羨的話題。這天，她推著嬰兒車來到久違的公園，熟悉的桃樹下；早春的花朵已綻放在枝椏，而她的孩子吵著要離開嬰兒車，邁著肥胖的短腿，費力想爬上「他們的石頭」。N小姐留意著以防有什麼閃失，看看孩子終於登上平緩的石台，轉頭勝利地對她咧著嘴笑，她鬆了口氣，鼓勵地爲他拍著手。小鬼繼續在石上四處爬動，一不留神膝蓋一拉，褲子掉了一半，那白嫩如桃的小屁股整個露了出來。

N小姐怔怔看著，不覺痴了，恍惚之際，雙唇湊了過去，在那肥美的小桃兒上狠狠咬了一口。

Onion 洋蔥

以O先生素爲朋友所譏的陰陽怪氣，要踏上他死黨新居鬼氣幢幢的石階和門檻，仍需要相當勇氣。這房子絕對有資格作爲任何萬聖節鬼片的最佳場景，就因它地點好，不須整修都不愁租不出去，房東就這樣任它荒廢，隨隨便便應付房客的抱怨；偌大的院子在雨季後野草蔓起，蛛絲羅網，也沒有人理會，更增添了它詭異的氣氛。

這天O先生在薄暮之中造訪，看那窗口竟燃起根小小的蠟燭，燭心在風中飄搖，就是那麼寂寥淒清。O先生來早了，好友尚未歸來，開門的是住隔壁房間的女孩。

「嗨，妳好，」一進來他就問，「是妳在窗口點蠟燭的嗎？」

那女孩點點頭，「今天是我的生日。」

「不出去慶祝？」O先生以慣用的喜劇手法做了個誇張的表情，「甚至不告訴我們，讓我們可以幫妳辦個生日宴會，啊，眞不夠意思！」

「我從來不想特別慶祝，」她搖搖頭，「我媽媽也是今天過世的，她生我的時候難產。」

「啊，」O先生嚴肅了下來，「對不起，嗯……我說……」在他說得出什麼之前她已經對他擺擺手上樓去了。

O先生在廚房裡翻了一下找到個洋蔥，捧在手上去敲她的房門。她開門有些訝異地問什麼事，他把那洋蔥交到她手上，「生日快樂！」

「啊？」她接過洋蔥，不知該說什麼。

「不要客氣，這是給妳的生日禮物，」他一本正經地，「請妳一定要用它，因爲這是個很棒的洋蔥，妳拿來作什麼都會很好吃的。重要的是妳削它的時候一定會流眼淚，那時候妳就會感動地想起這是你的生日禮物，知道妳的生日是多麼美好，生命是多麼美麗，我們都很感激這個世上有妳的存在。」他拍拍她的肩膀，再一次眞誠地，「生日快樂！」

那一瞬間，他彷彿在她眼裡看到將會被洋蔥引出的淚水。

這對O先生來說不過是舉手之勞，現成的道具加上他過人反應編出的好劇本好台詞；朋友回來以後，幾罐啤酒洋芋片下肚，在電視球賽的沸騰聲中，他很快就把隔壁那善感的小蠟燭忘得一乾二淨。

幾個月以後，O先生朋友們幫喜歡熱鬧的他辦了個轟轟烈烈的生日宴會，名義上是要給他驚喜，所以他還得裝著毫不知情，在回到家彩帶滿身，大家尖叫著生日

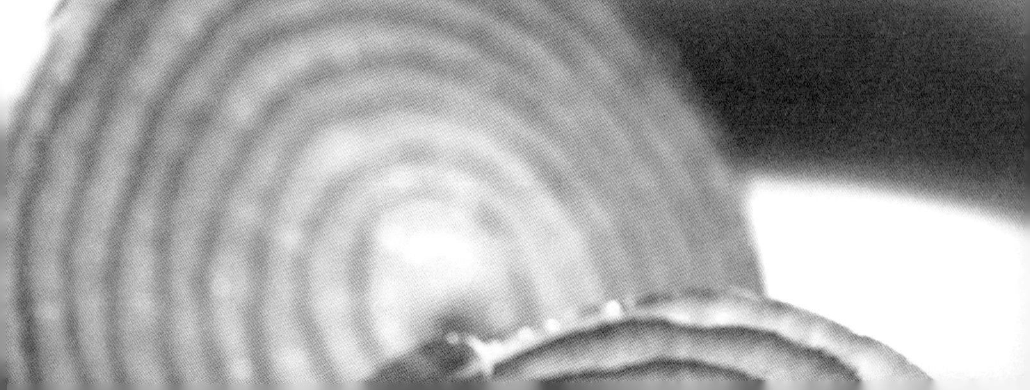

快樂之時，做出個欣喜得心臟病發作的樣子，然後，在大家鼓掌笑鬧中，切了個洋蔥抹著眼角，讓亦眞亦假的淚水順頰而下。

拆禮物的時間到了，他得到最不尋常的禮物是個繫著緞帶的生薑，沒有生日卡，也沒有註明是誰送的。他正拿著生薑端詳，住在鬼屋的好友開口了，「那是我室友送你的，她祝你生日快樂，還說你就像這生薑一樣，有著獨特的個性，強烈的氣息。」

那是O先生年輕的生命到此爲止收到最難忘的禮物，而他把人家忘得乾乾淨淨不曾想起，她甚至沒有出現在這個她理應分一塊蛋糕的場合。

朋友們鬧到清晨才散去，O先生已經沒有力氣收拾他們丟下的殘局，他拖著疲憊的身子上床，隨手把那生薑抓了丟在枕上。恍惚入夢之前，他看到那女孩白色的臉龐，細心地把緞帶綁在生薑鱗節遍佈的身上。

一覺醒來，朦朧之中，生薑如蒼松般勁拔的軀幹舞進他的眼簾。洋蔥與生薑，他笑了，倒還眞是絕配，他撫著生薑上的緞帶，連顏色都不像是隨意之選。這粗獷下細膩的心，怪誕中的一點溫存，隨著兩樣蔬菜的交流，竟像鏡子裡浮現的那樣鮮明。

O先生帶著生薑彩帶回去找她，謝謝她的禮物，還提了大大小小一袋洋蔥頭作爲回禮。「妳用我送你的洋蔥了嗎？不錯吧，不是告訴妳那是個好洋蔥嗎？這些也是給妳的，明年的生日禮物，如果妳幫我的話，我們很快就可以把它們處理好。」

他在後院清出一塊空地，把那些鬱金香的球根都種了下去，告訴她，「記得要澆水，不過這些洋蔥頭是不用淚水澆灌的。」

他把她逗笑了，才發現她笑起來蠻好看的。她拿那塊薑燒了魚，煮了薑茶慰問他的辛勞。飯桌上，他告訴她從來沒有告訴那些喧譁朋友的一些事，像是他閒暇還寫寫劇本，報名參加寫作課，實驗劇場的招考他也去了等等。在他揮著手拍著肚皮跟她道別時，她把剩下一小段薑再用緞帶繫好還給他，「這是你的生日禮物，我不能把它用了，除非……你把它拿來我們一起研究怎麼用。」他看著那薑，驚訝今天晚餐之後竟有得剩，又覺得那殘肢斷體怎麼看就不像原先的任一部分。

但是過了幾天，他又把生日禮物拿回去跟她分享，這次她把它磨了拌冷豆腐吃。

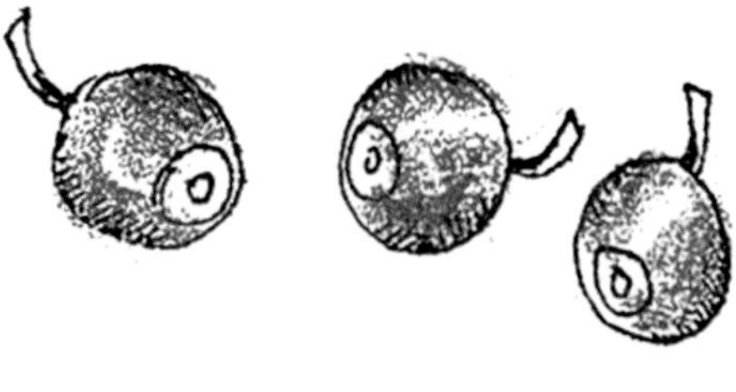

在後院的鬱金香長出來以前，她早搬出那鬼屋，跟他一起租了個公寓。他們終於在某個春暖花開的麗日又回到那裡，現在那房子再沒他認識的人，連朋友也搬走了，滿屋都是狂飆的少年，把屋子裝飾得更陰氣森森，像裡面住的都是妖魔鬼怪。

他們繞到後院，步道草長得寸步難行，他埋下了無數洋蔥頭的地方，眞的開滿了各色鬱金香，突兀在一片荒涼中，活像一個個五彩燈籠，爲這些孤魂們引著路。

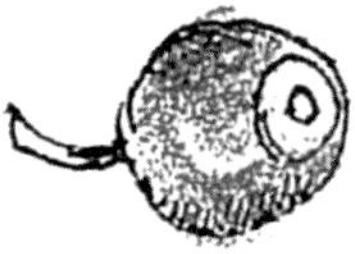

Parsley 香菜

P小姐赴美留學，踏出機場之時，深信自己在兩年後拿到學位，必定馬上奔回台灣。

想不出有什麼理由可以耽擱，因爲她的一切都在台灣：有個好工作以及賞識她願意留職停薪的老闆，拿了名校碩士回來後前景更加看好；有個深愛她的未婚夫，打從他們幼稚園大班認識開始就跟在她屁股後面跑，事事順著她，沒有人比他更體貼多情了。二十五歲生日宴上，他當著所有賓客的面對她說，從五歲就在一起，「妳佔有我五分之四的生命，它因爲妳而豐盈。」P小姐還記得她女朋友裡有人感動落淚，說他們是這個無情年代難得的愛情神話。

離鄉在外，對P小姐而言，除了觸目所及是外人，講英文的機會變多，沒有多少改變。她說得一口流利的台語，也向以身爲台灣人自豪，往來的朋友都是同學會圈子，下了課就不再講英文，美國同學的邀約活動也不太參與；買菜都去中國城，下廚弄她的家鄉小吃，對美國超市和洋人的玩意兒一點興趣都沒有。這異地只是她人生旅途一個小小的轉運站，反正兩年後她就要走了，重要的是學位拿到，對這個文化，多認識一點少認識一點差別不大，沒什麼損失可言。

這天同學會呼朋引伴包餃子，她早一點過去幫忙，一進門就聽見他們會長夫人數落先生，「不是叫你買芫荽嗎？怎麼買了香菜回來？拜託，連這個都分不清楚！」P小姐知道華人把撒在菜餚上生吃或裝飾的那些綠葉植物都可以叫香菜，偶而在台灣超市要標榜進口品種的嬌貴，會說西洋香菜，不然一般不是分得那麼清楚。但這裡可不一樣，芫荽就是芫荽（cilantro），香菜就是香菜（parsley），有時芫荽後面還會括號註明是「中國香菜」（Chinese parsley），讓不熟悉的美國人容易辨識想像。P小姐非常中國的肚子並沒有讓她受到香菜的蠱惑，所以她雖然知道這東西的存在，卻從來沒有嘗試過。托那糊塗會長之福，終於有機會見識，結論是外型味道都帶著點霸氣，不如芫荽的溫柔敦厚。聽同學們說，還有一種義大利香菜，葉子更大，味道也頗濃，在法式義式料理裡面用得很多，不像這香菜比較是裝飾用途。P小姐聽了更是興趣缺缺，想著可能口感更粗糙，就像這個國家很多東西一般，體積大分量多，但就是質地粗。

在課堂上，P小姐故步自封的政策終於行不通了，教授規定這個期末報告必須兩人共同策畫，分數也一起打，於是她和班上另一個也落單的義大利留學生一組，協力完成作業。她的同學長相很不義大利，黑黑瘦瘦個子小小的，還帶著一副深度近視眼鏡，跟印象中艾爾帕西諾式的義大利男人簡直是天南地北；但人很不錯，看來相當認眞負責，P小姐因而慶幸著工作不會全落在她頭上，分數應該不至於太差。有一次兩人在他家核算數據到饑腸轆轆，他下廚煮了義大利麵，連一向對西洋料理沒興趣的P小姐都稱讚不已，他只是笑笑，「不會下麵能當義大利人嗎？」他告訴她祕訣，再三強調，「記住，選香菜一定要義大利香菜，不然味道就不對了。」

他們的關係沒有隨著作業和期末考結束而告終結。此後，在做功課之暇，P小姐有時看著他神乎其技地拉著麵皮做比薩，有時和他交換包餃子與ravioli的心得。他的手藝總是那麼合乎她胃口不是沒有原因的，因爲所有東西都是按照她口味用心

訂做。知道她不習慣濃重的乳脂味，奶油和起司就放得少；義大利麵的醬料用新鮮番茄和白酒調，比起罐頭番茄又多那麼點她喜歡的微酸滋味。當然，她未婚夫不是不體貼不用心，但好像就是事事順著她的指示，從來不曾這樣揣測貼熨她的心意。而這個義大利人所作的不只是揣測她的心意，無形中她發現自己也改變著，從口味到對事情的觀點都慢慢在變。她已經愛上那義大利香菜的味道，發現它的熱情奔放配上番茄大蒜橄欖油就是那麼風韻天成；她也不再對tiramisu裡的生蛋心存恐懼，嚐著這甜點裡咖啡烈酒mascarpone乳酪可可粉融於一身的香醇甜美細緻質感，讚嘆義大利人也有不輸於華人的溫柔巧思。

她的心在浮動，未婚夫不論寒暑，一有假就往她這兒跑，但已經挽不回他還未察覺的頹勢。他不知道有個男人鎮日在未婚妻耳邊呢喃，叫她bella、「我的小公主」，或其他自己說不出口的肉麻暱稱；他也無法想像在人前從不喜歡與他展示親密的她，可以沒有顧忌地在校園光天化日之下與她的義大利新歡擁吻，儼然她最不以爲是的洋派作風。他終於知道，是有

個同學通風報信，說他的情敵春假回義大利探親把未婚妻也帶走了，嚇得他不管三七二十一請了假奔到美國來。

P小姐蜜月般的義大利假期隨著未婚夫在她住處前徘徊的身影而結束，該面對現實了。未婚夫掏出結婚鑽戒、存款證明、新購置的高級公寓所有權狀及照片，跪在她面前請她回心轉意，只要她肯點頭，他一點都不計較她這段露水姻緣；畢竟，他的眼淚滴了下來，他們認識不是一兩天了，他不相信那義大利人比他更了解更愛她。P小姐只能讓他心碎地帶著戒指回去。失去佔有他五分之四生命的她，未婚夫的生命還殘存著什麼，她已經顧不得，能讓她煩心的事太多了。她和新男友都畢業在即，之後何去何從兩人還不清楚，他當然是愛她的，但是，愛情她還看得不夠嗎？在她未婚夫眼裡從小看到大，而最後一次，又看著它在淚水裡轉成絕望哀痛。他未必眞正了解她，但是否他眞比任何人都愛她？

愛情讓她陷入從所未有的迷惘。她早已畫好的人生藍圖形同作廢，如何重新開始還是個大問號；在這一片渾沌未明之間看著她義大利戀人的眼，有一件事清楚地浮現——她不可能走回頭路。

她打電話回台灣請家人取消他們的婚約，退還男方所有聘禮，也告訴所有關懷的親友們，畢業後打算先在美國實習一年，暫不回去了。父母親初時不太能諒解，不只因爲那煩瑣的退婚手續，對男方親屬禮數疏失無盡的致歉等等；情變後他們飛到美國見過女兒一次，那彷彿不是他們親生的同一個人了，而且，他們不懂爲什麼女兒甘願放棄挺拔的未婚夫跟這義大利小猴子在一起。後來，女兒帶著中文已略通的男朋友，費力在他們面前表示一定好好照顧她，爸爸媽媽請不要擔心時，他們終於點了頭。在台北請客所有她訂婚宴上出席的女朋友們都來了，也有人再度落淚高興她的愛情神話有了美麗的結局。

P小姐跟著老公飛到米蘭，邊學義大利文邊做家庭主婦，留美的傲人學位和專長並沒有派上用場。之後有位女朋友來訪，她正開始學聲樂，說從小就喜歡唱歌，既然嫁到美聲學的王國，不學白不學，閒著也是閒著。朋友問她過得好嗎，她說老公對她好得沒話說，這是當初可以預期的。「只是，問我可以再選擇一次，還會不會嫁到異國……」她啜著香濃的義大利咖啡，沉思片刻，「我眞的不曉得。」

Quince 榲桲

這年頭即使是榲桲上市的季節，在超市也難得見到，所以Q先生在冷藏櫃發現它的時候，心情眞是感慨萬千。這芳香可人的水果和他童年美好的回憶緊密連結在一起，不管是母親熬煮著準備做果醬或放在其他甜點裡加味，那一隻抓著她圍裙的小胖手，好奇地探進鍋子裡的眼睛，必定在周邊圍繞著。有時母親會笑著抱起他，讓他也攪動鍋裡顏色由乳白、淡紅漸次加深的黏稠果漿，說這小子將來會是個好廚子。

他們家榲桲源不斷是因爲母親娘家後院就種了好幾棵果樹，每次外婆從鄉下來，如果正是秋天的果季，總會給他們帶上好幾袋，做成果醬整年都不虞匱乏。新鮮的榲桲放在水果籃裡，香氣就能輕易盈滿整個房間：正如它似梨又似蘋果的長相，它的果香也在兩者之間。仔細一聞，那味道又比單純的梨或蘋果更豐富，好像還帶著熱帶水果的暗示，香味頂峰有點淡淡的鳳梨氣息。

但榲桲和南美樹蕉一樣不能生食，處理上還頗不方便。煮它之前要把皮上的絨毛盡數去除，煮的過程也不是水滾了丟下就不管，得有著點耐心去和它耗，不像梨子蘋果拿來張口就可以啃。在這個一切效率便捷掛帥的社會，榲桲這樣不便利的水果會逐漸失寵，即使絕豔仍脫不了被打入冷宮的命運，並不是令人訝異的事。離開家以後，Q先生就不太有機會見到它的芳蹤；願意自己做果醬的人本來就不多，會

用到樞桲的更少，它就這樣逐漸銷聲匿跡，落入遺忘之中。

Q先生也沒有像母親預言那樣成爲一個好廚子。他後來是個電腦工程師，常常忙得昏天暗地，日夜顚倒，別說有那個好心情下廚做菜了，連正常飲食習慣都不可得，吃飯就是在泡麵、外帶、速食、快餐、外送比薩之間盤旋。連他的愛情婚姻也是很速食的，因爲沒有太多時間心思去慢慢調理。就像他從事的行業，電腦若出了問題，把變數一個個鎖定找出癥結所在，提出解決方案；談戀愛到結婚也是列出一張清單，外貌品格個性才藝家世收入等等，項目一個個勾起來，勾得差不多也可以走進禮堂了。

妻子跟他一樣是個忙碌的上班族，也不喜歡太多風花雪月的玩意兒，結婚前跟他對過她自己的清單，兩個人達成充分的共識，了解彼此的期望及限制，相當有效率而不費力地完成終身大事，一時在朋友間還傳爲佳話。婚前就講好她不煮飯，每天工作壓力那麼大時間那麼有限，如果還得爲柴米油鹽煩惱，遲早成爲心理醫師臥鋪上的常客，所以如果他找的是煮飯婆，還是另請高明。身爲現代男性的Q先生倒也不在乎是否女人就該下手做羹湯，剛開始兩人還會約了一起在外面解決，或買東西回家吃；後來妻子加班的時間越來越長，他自己也常常約了時間又趕不上，索性各自解決，方便又不增加彼此的負擔。

另一個困擾是睡覺時間的問題。Q先生上班時間很有彈性，不須整日坐鎮辦公室，不用趕著上下班打卡，而他通常過了午夜效率奇佳，總喜歡在深夜工作，可是每天得早睡早起的妻子就不能消受這樣的習慣；無論他怎麼躡著腳尖潛入臥房，無聲無息地在她身邊躺下，警醒的她總是會被吵醒。她開始抱怨一旦醒了常是徹夜無法再入眠，第二天整天精神都不好，影響工作情緒與效率；若要Q先生和她一樣作息，又會影響他的工作效率，商量的結果，決定分房睡。拜兩人還頗豐厚的雙份收入之賜，他們本來就有個寬敞多房的公寓，把客房收拾一下，妻子從此晚上可以安枕無憂，後來爲了方便，她連衣服盥洗用具都搬了過去，之後還添購一個小書架放置她的影音書籍收藏，儼然在客房裡開拓出她私人的殖民空間。諸多便利之下只有一個不便，想當然耳，就是他們的性生活需要重新協調。分了床睡，想做愛不再是一枕之隔，平常他們又是這樣來來去去，沒有事先約好很難把兩個人湊在同一張床上，因此後來不只即興而做的次數減少了，平均的次數也大爲降低。

有這麼一天，Q先生獨自坐在電腦前，發了一會兒呆，一個問題驀地襲上心頭。他眞的結了婚嗎？突然覺得這樣的生活和單身時代沒有兩樣，他還是一個人吃飯，一個人睡覺，頂多週末兩人擠出點時間可以出去看看電影散散步，就像還是男女朋友那時期，但即使這樣的時間現在竟也成爲奢侈了。到底他爲什麼要結這個婚？爲了愛情？爲了伴侶？照這種情況，找了個伴等於沒有伴；雖說思念可以培養愛情，但這好像不適用於住在同一個屋簷下老是錯過彼此的兩人。到底她是他老婆還是室友？怎麼想Q先生就是覺得少了點什麼，妻子大概也感覺到了，因爲上網一打開信箱，就發現她給他送了個e-mail，說我們離婚吧！

因爲生命中無法承受之空虛而離婚，而且是透過e-mail離婚的Q先生夫婦，很快在朋友間又成爲現代人的典範。他們的分手沒有多大的傷痛，不過留下不少迷惘，不管是針對自己還是他人。包括母親在內的衆多長輩紛紛問道，爲什麼離婚，財務上的問題？還是外遇？當Q先生表示都不是，他們似乎很難理解除此之外還有什麼不能相處的理由；Q先生好不容易找出了個性不合，但這對他們甚或對自己都沒有太大的說服力。

那成熟的榲桲在他手裡發出誘人的香氣。榲桲，這時不我與的英雄，在這個時代越來越難生存，但是這無法取代的香氣和耐心烹調的成果曾經帶給他的喜悅，又是現代生活的便利與功利不能賜予的。他閉上眼睛讓從童年時代失落的芬芳再沁入鼻尖，恍惚之間，一個女子窈窕的身影出現在眼前，那微笑的臉龐似曾相識；起先以爲是已嫁作他人婦的前妻，但女子的容顏在他刻意追尋之下漸行漸遠，模糊無法辨識。第一次他知道心痛是什麼樣的感覺，那陌生的女子和從她袖中不斷飄出的榲桲香氣，是他早已痲痹的神經難以追溯的愛情的容顏氣息，隨著這行將絕跡的水果，緩緩地走出他的生命。

Raspberry 覆盆子（木莓）

R小姐在超市收銀台前排隊滿不耐煩，頻頻看著手錶，估計結完帳回到家需要的時間，詛咒所有排在她前面的人們，一點辦法也使不上，那條長龍依舊緩慢地進展著。終於輪到她之前的黑髮男子，當他把菜籃裡的東西搬上輸送帶之時，R小姐隨意瞄了一眼，簡直不敢相信自己的眼睛。

最先引起她注意的是那一大袋茴香球根：她在這美食超市購物多年還沒發現有人對茴香如此垂青，簡直是把它當洋蔥用的架勢，表示這人品味應當不凡。接著她看到茴香袋後面有半隻兔子的屍身，令她幾乎要懷疑對方是否是嗜兔成性的法國人；再前面，那兩條脆綠得可愛的飽滿胡瓜上擱著一小袋黑褐色貌不驚人指頭大的海綿組織，她馬上就認出是羊肚菌（Morel），這下更大大驚豔。她知道這菌類無論長相嚼感都有那麼點類似松露，雖然香氣與珍稀等級不如後者，但絕對不是便宜的貨色；這人肯定曉得現在正是羊肚菌的季節，不但品質佳價格也比較……呃……公道。她已無暇繼續欣賞玩味收銀台上其他她叫得出名字但不曉得如何使用的高貴材料，迫不及待地探頭，想仔細端詳傲然在超市堆積如山的食材裡覓出這些精品的，究竟是何等人物。

出乎意料之外，那人並沒有尖端渾圓的高盧鼻子；他那飽滿的鷹勾鼻，顏色相當深的短髮，不知是曬得深棕還是天生暗色的肌膚，讓她先前觀察他採購物品所下的初步結論動搖了一下，而且，他帥得簡直不像法國人。R小姐像是在暗穴裡摸索半天，終於重見天日，被第一線射入眼裡的陽光照得有點暈眩，恍惚之中，喃喃地說著，「啊，你眞的選走了最好的東西。」

太陽神微黑的臉龐轉了過來，對她微笑，眉毛揚了起來，「想不到有人識得。」

R小姐不再埋怨收銀員動作緩慢。她慶幸著由於這崇尚美食的太陽神挑了許多他認不出來的食物，讓他忙著查目錄找出定價，使她有機會多跟這人攀談。她的眼睛已逐漸習慣於這耀眼的陽光，能夠自然地與之對話，詢問他如何處理這諸多美食。當對方把他燉兔肉的食譜歷歷描繪在她面前時，R小姐不自覺把她細小的舌尖探出來，無限欣羨地品味著只存在於虛渺想像的珍饈，但她隨即意識到這個動作在異性面前的不當。又或許，並不是那麼不當。

她知道他看得很清楚，嘴角也浮現出一絲不可捉摸的笑意。輪到她付帳，眼裡盯著收銀員，聽著那人在她耳邊發出邀請，「有興趣的話願意嚐嚐嗎？妳知道我一個人吃不完這隻兔子的……」

離開超市，R小姐陪著他到對面義大利食品店，買了幾樣超市裡找不到的其他高級食材；她順便挑了兩瓶酒作爲晚餐邀約的回禮，跟著他回家看他怎麼把那兔肉羊肚菌茴香胡瓜等等變成上桌的佳餚。

謎底終於揭開，他結果是猶太裔法國人，混了點西班牙的血統，他說先祖裡也許有摩爾人，給他這樣深的膚色外加多采多姿的多種族美食傳統。他還告訴她猶太教諸多規律習俗，聽得她頭昏腦脹。「按誡律我是不能吃豬肉的，海鮮甲殼類也不行，還有任何肉類跟乳製品在一起的場合——意思就是吃漢堡我不然就吃肉，不然就吃乳酪，但不可以肉和乳酪夾了一起吃。」

「爲什麼？」

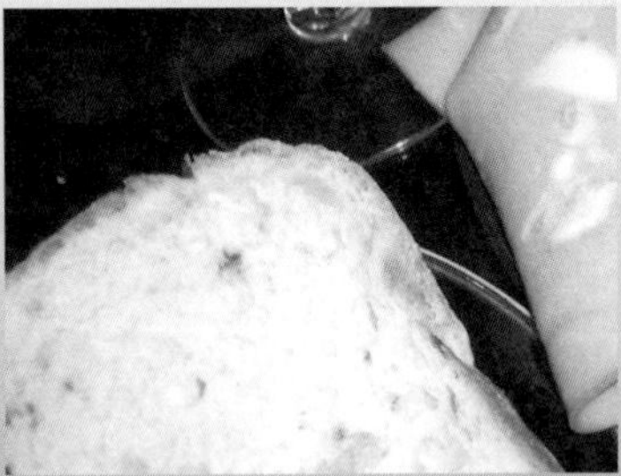

「給下一輪太平盛世女性的、實物的備忘錄。」

朱天文最新長篇小說創作

熬鍊七載，終成形魄　千禧年開筆，跋涉二十萬言！

巫言

朱天文

合購「朱天文作品集」全八冊

首刷限量

加贈 ⓐ 朱天文《劇照會說話》

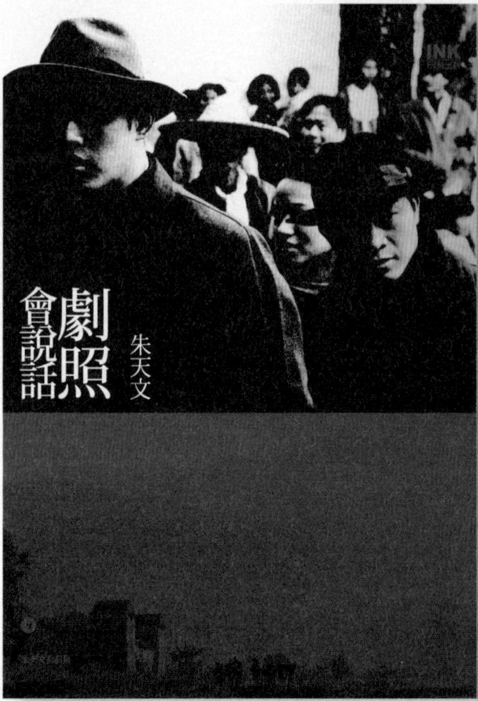

朱天文的片場內外側記與劇照故事

二十五開一六八頁全彩銅板精印

INK印刻文學生活誌專欄結集

⑨（圖文集）

ⓑ「作家身影 朱天文」影音瞬藏

侯孝賢執導，
流星般閃現的絕版
75秒鐘夢幻逸作

某個恍惚，時間介入的魔幻聯繫——
2003年7月朱天文自長篇小說《巫言》
熬神鍊字書寫生活逸出的真實段落

作品集八冊合購（原價2670元）
加訂《印刻文學生活誌》
一年份（原價1990元）
珍藏經典優惠價3500元

4《世紀末的華麗》（小說集）
1988-1990　240元

在本書各篇小說中，從二十歲到七十歲的人都在感嘆自己的青春消逝、新人卻無情地一一冒出來。例如，〈紅玫瑰呼叫你〉、〈肉身菩薩〉或〈柴師父〉裡的中年男人、老男人們的焦慮與懊惱恐懼；或是〈世紀末的華麗〉裡自覺看盡滄海，「年老色衰」的米亞的宿命感歎。本書共包含七篇短篇小說及兩篇附錄，詹宏志讚譽：「葛林（Graham Green）曾經稱道沙奇（Saki）的作品是『奪目、悅心』（They dazzle and delight），這句話完全可以搬來形容這一系列的小說。」

特別推薦：柴師父／尼羅河女兒／肉身菩薩／帶我去吧，月光／紅玫瑰呼叫你／世紀末的華麗／日神的後裔／（附錄）王德威評論

5《有所思，乃在大海南》（雜文集）
1980-2003　350元

六十二篇散文及兩篇訪談錄，即是朱天文六十四種生活及文學養分。
文學養分，包括《紅樓夢》《搜神記》《東周列國誌》《花間集》等書，以及父親朱西甯、胡蘭成、三毛、聖提、侯孝賢、「深情在睫，孤意在眉」的妹妹朱天心等人。
生活養分，則包括穿衣服、談戀愛、為出版社工作、設計髮型、出門旅遊、做家事等，這些每一樁都是頭等大事，她在〈女人與衣服〉中即寫，「時代若有變動，一定是音樂先變，女人先變，衣服先變，舉瑪丹娜為證……」

各輯題名：前三三與後三三／如是我聞／蜚長流短／單身不貴族／站在左邊／（附錄）舞鶴對談朱天文／訪談朱天文與侯孝賢

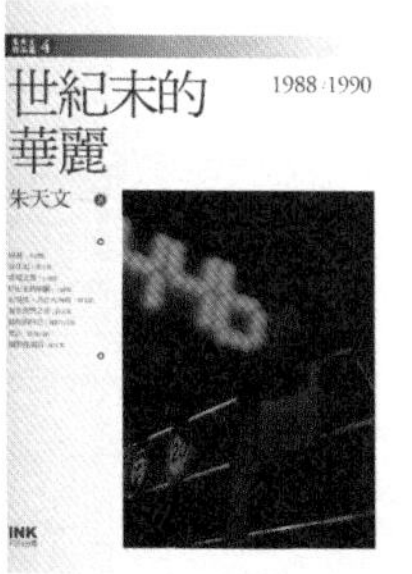

6《黃金盟誓之書》（散文集）
1981-2000　320元

本書為朱天文自剖其生活及創作最重要的散文集。
【輯一：家，是用稿紙糊起來的】，包含父母親結識成婚的過程、姊妹的童年、家中貓狗兔鳥等諸多寵物，以及在這令人「目瞪口呆」的文學世家中，必然有的切磋時刻。【輯二：綠楊三月時】記日本行見聞、三三創辦，乃至胡蘭成過世。【輯三：重逢】記許多久別的人、事，以及「十多」家庭。【輯四：記胡蘭成八書】超過四萬六千字，為朱天文迄今最完整的創作自述。【輯五：父後三年】朱天文在父親朱西甯過世後，追憶揣想父親的創作生涯，以及父親、胡蘭成、張愛玲對自己生命及創作的影響。

各輯題名：家，是用稿紙糊起來的／綠楊三月時／重逢／記胡蘭成八書／父後三年／（附錄）黃錦樹評論：神姬之舞

7《最好的時光》（電影作品集）
1982-2006　450元

長期為侯孝賢導演編寫劇本的朱天文，肯定是台灣電影新浪潮中最重要的一位編劇。本書為朱天文電影創作首次完整出版，收錄二十餘年來的電影劇本及創作過程評析。
【上卷：電影本事、分場劇本】包含《小畢的故事》至《紅氣球的旅行》等十部電影劇本；【中卷：一部電影的開始到完成】，以《戀戀風塵》為例，記述電影創作各環節的激盪過程，以及台灣和國際環境帶給電影創作者的諸多挑戰。【下卷：關於電影】收錄朱天文多年來的電影評論與散文，讀者可從中窺知編劇與導演精采的互動方式，以及對梁朝偉、伊能靜、蔡琴等演員的敏銳觀察。

電影故事、分場劇本及所有關於電影的：小畢的故事／戀戀風塵／悲情城市／好男好女／南國再見，南國／海上花／千禧曼波／珈琲時光／最好的時光／紅汽球的旅行／（附錄）朱天文對談侯孝賢

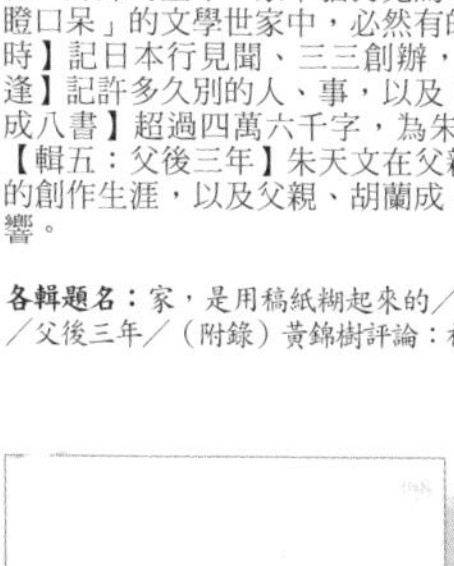

8 巫言
2008
（長篇小說）　360元

彷彿實踐卡夫卡「小說家是在拆生命的房子，拿這個磚塊去蓋小說的房子」這句話的圖像，本書作為朱天文首次突破線性敘事結構的長篇小說實驗，展現了有如卡爾維諾般博物學觀察興趣與壯觀敘事風景——在20世紀初越來越難以描述、詮解的島國社會現實、城市男女心靈面目中，巫者穿行其間，或在自己的書寫鍊金室與之遙遙對望，試圖發現頹靡、劫毀、荒誕等種種感受背後的文明價值與意義，尋找改變現實面貌的力量。

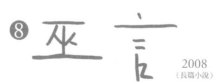

朱天文《巫言》

巫言，巫的文字語言，
喚醒萬事萬物的靈魂，改變現實的面貌。

第一章｜巫看(節錄)

你知道菩薩為什麼低眉？

是這樣的，我曾經遇見一位不結伴的旅行者。

我自己，也是不結伴的旅行者。

我們給雙層巴士載到旅館，一棟鈦銀色疑似未來城的聳塊建築，入口窄窄，櫃檯亦狹，而明亮如冷鋼，仰頭見電扶梯升入空中，豁然拉開，好闊綽的大廳大頂，通往更高的去處。

我們在櫃檯前等分配房間，等得不算長，可也不算短，長短恰足以把酷感未來城消解為一席難民收容所，大家紛紛開始上廁所，吃東西，或蹲或坐，行李潰散。配完鑰匙後篩出來兩個奇數，我，和站在那裡的、帽子小姐，於是我們同住一房。

迅疾間我們互相望過，眼光擦邊而去，但已準確無誤交換了信息：「別，別打招呼，別問我姓名，千萬別。我是來放鬆，當白癡，當野獸的。請你把我看做一張椅子，一盞檯燈，一支抽屜，或隨便一顆什麼東西，總之不要是個人。因為我肯定不會跟你有半句人語的。」

我們這個歌劇魅影團，三天兩夜的長週末，五星級飯店，加上戲票，不到兩萬元「犒賞自己一下吧——到香港看戲」，所以我悄悄搭團來了。

為什麼是悄悄呢？唉我很怕被笑吧。

笑我的人挺多。先是那夥比我小十歲，出校門工作了數年薪水三萬元上下的女孩們，紅酒族。她們節衣縮食，練就得一口紅酒經。其實她們喝紅酒的歷史老早在酒商炒作之前，為了酒裡的丹寧酸說是健身、瀝脂而喝起來的，當時她們更喝別的酒。又其實喝酒是餘事，酒杯，才是主題。她們嚴格區分白蘭地酒杯，葡萄酒杯，香檳杯之間的差異。雪莉杯喝葡萄酒，利口杯喝利口酒，狹長的卡林杯喝發泡性葡萄酒或配方中含碳酸的雞尾酒。還有岩石杯，平底杯，酸酒杯。我一向小心翼翼，卻在那場李婕家的慶生會裡，由於無法坐視眾人將生日禮物好美麗的包裝胡拆亂撕並任其踐踏，便跟搶救古蹟般收疊著紙盒絲帶紗箔蝴蝶結而給弄得神志荒迷時，竟把 Medoc 倒進預備喝 Absolut 調萊姆汁抹鹽的岩石杯，喝了一口！一九九〇年 Medoc，壽星送給自己的禮物，慷慨奉獻給酒黨。

完了，觸犯祕儀禁忌，大禍要臨頭。我感到四周凝結的眼光，震驚，譴責，與哀悼的，我已經出局了。

怨恨她們嗎？不。她們跟古代以來那些千奇百怪或隱密或公開、繁文縟節得蠻爆笑的男性友誼俱樂部有何不同？她們不過是遲至今天才手上也有了一些可以自由支配的錢。她們是如此辛苦經營以區隔出，唉每個人都辛苦極了的在用各種小把戲區隔出自己，與眾不同。

因此第二個會笑我的，喬茵，王皎皎他們。喬茵和她同事，望之普通人而已，普通到，怎麼說呢，到令人沮喪的地步。就好比每週五報紙第四十七版，總會闢出一角落讓幾名自助旅行者投書發表經驗談，我一次一次被驚嚇，天啊這位住關廟鄉的人去過南極！請問關廟鄉在本島哪裡？又這位中埔鄉人告訴我，挪威的青年旅館設有廚房可自行煮食之外也提供晚餐，價格公道，五十克朗合台幣兩百五十元，某日他去峽灣區史翠恩，下了整天雨濕冷冷飢轆轆回來，排隊領餐時再耐不住而大叫一聲好香哇！配菜老婦竟無語言隔閡的完全理解，報以同情笑容且給了他超多量鮭魚。沒錯，他們都是普通人，他們出國，他們絕不搭團。

喬茵王皎皎之輩，住父母吃父母，可眼見的未來似乎不嫁亦不娶，一年勤勤懇懇，儲夠了休假日便結夥出遊，擲盡千金回國，再計劃明年去哪裡。他們收集旅行地，而最不屑旅行團。王皎皎更只一人，存飽錢囊，熄掉電腦和手機，一去月餘。

夏末至秋天，我收到王皎皎九張不同小鎮的風景明信片，全寄自普羅旺斯，一概四點九法郎郵票，旁黏貼紙上面的符文意思是「優先郵寄」。明信片正中兩紋戳章，圓戳年月日及小鎮名字，方戳乃小鎮的好別致的圖騰化，空無言，唯署名一個皎字。他用這種揮灑向我表達風格，但其實我們交情甚淺。每回一堆垃圾郵件中我撿出他的明信片，困惑如瀕臨一則禪宗公案。寄給我，為什麼？他認為我是他的同好，還是他的引為天涯知己？如是數張後，我不樂起來，他就這樣未徵得我同意而選定我是，不管是什麼，我都一點也不想成為他的是。

我悶悶去買了DK版的普羅旺斯指南，根據三點構成一平面，推測出他的活動範圍。顯然他採取小面積精耕的走法，他只走了普羅旺斯西邊，隆河口區域及沃克呂茲，真奢侈。我猶豫未覆信（我有他台北家地址），倒著實閱覽了一遍他可能的足跡圖，在延宕之中模模糊糊牽掛起他來。結果我們不期而遇。正確說應該是，彼此正欲避開目光時亦就彼此看見了。我脹熱臉立刻輸誠，他聽了淡然：「是麼？」像是我說謊。我愈說愈多，努力證明他寄給我九張明信片絕對值得，而他仍淡答：「是麼。」我感覺全身起了紅疹，更說更亂已淪為病中譫語，最後他幫我收了場：「你要去的時候跟我講一聲，我告訴你怎麼走法才好玩。」

不對，一切都不對。那九張明信片並非虛擬，可是結結實實落在我手上的，之後，添加了我的慮心和思辨好像漆器上了一層又一層漆，它變得有重量，有體積，跟著我來來去去。故而突然相遇，他這樣輕盈，恰似翹翹板一端他騰往天空，我卻一屁股撞在地上。他走了，我爬起來，眼瞧另外一個自己氣沖沖攔到他面前詰問：「哎別裝了，別裝做我們之間什麼都沒有過。否則你寄明信片，寄假的嗎？」

可嘆我只是怔立，兀自為一場不明不白的交錯懊惱不已。甚且從此我們互相就定了調似的，他恆常的飄逸，我呢，恆常的笨重。

第三個笑我的，老同學，陳翠伶。奇怪陳翠伶也就是嫁了一名長榮的高級主管，便像染患失憶症的完全忘記她從前怎麼過日子了好天真建議我：「唔錶帶不錯，你應該配個Gucci包。」復熱烈煽動我：「不過今年最in的是2005，香奈兒大反撲了，台灣買也才五萬多。它設計得蠻 body friendly，就是你坐飛機時能拿來當枕頭用的喔。它像根骨頭，又像殿（臀）部，光看外型你以為裝不下什麼鬼，告訴你，它容量嚇死人。大小皮夾，名片夾，眼鏡盒統統放得進去，還可以放行動電話，還有像你們文人放書放本子都沒問題。主要是它夾層多，有一層用馬甲那種繫繩代替拉鍊，跟真馬甲一樣，太炫了。你非買個不行。」

她拉我參加過一次太太們的西華下午茶，整整三小時，她們談剛剛在香港銅鑼灣結束的路易威登新款發表會。Epi 系列，暗啞和光滑交織成似木質似水痕的橫壓紋包包，今年推出七款，每款芋紫、香草白、褐綠三色，副料亦開發出鈦環釦和鬆緊紮帶。某太太的 Epi 包是金環釦時代產物，她簡直太抱怨了：「我一直很喜歡它很內斂的感覺，可是金釦子？怎麼搞的！」是的，每個人很明白她的微言大義其實在說：「看，我多早就買了 Epi，最早的，比你們大家都早。」

如果人人皆持鈦釦包，搭配鋼錶、銀戒、鐵拉鍊衣出現於人人裡面時，你如何區別你、與人人？茶涼食䬾，我陷入長考。若一階層人皆擁有愛馬仕皮件後怎麼辦？不錯，他們比舊，比皮件上的舊澤和柔韌皺褶。比舊，所以富過三代。所以知妍醜，所以貴族。是貴族，所以釀造出美麗與哀愁，繁花與頹圮。中產階級呢？唉中產階級如我壞品味，樹小牆新，庸庸無文物……突地，太太們倉皇做鳥獸散，扔下我慢吞吞自昏瞶裡醒轉，原來她們要趕去接小孩放學，霎時跑得精光。

1《傳說》(小說集)
1972-1981

380元

本書收錄二十篇寫於1970年至80年代初的中短篇小說，早年分為《喬太守新記》及《傳說》二冊出版，前者為朱天文首部出版作品。書中多篇作品為浪漫的男女愛情故事，然而深受胡蘭成的價值觀影響的朱天文志不僅於此，她更是想為這些凡塵俗世中的男女立傳。「我多麼想給他們一個最美好的世代呢，那時的陌上花間偶一相逢，亦世上千年。」

特別推薦：仍然在殷勤地閃耀著／女之甦／喬太守新記／青青子衿／思想起／臘梅三弄／椰子結在棕櫚上

2《淡江記》(散文集)
1977-1979

220元

胡蘭成說：「我讀《淡江記》真是得了學問。《淡江記》裡的好句子都是天文的人。」
本書內容多為記述淡江大學的同輩交往情誼、創辦三三書坊的過程，以及「沒有名目的大志」。胡蘭成還讚嘆此時的朱天文：「開了女子的新境地。你像賈寶玉的見一個愛一個。賈寶玉是男人，女子這樣寫的則你是第一人」，並且「人在光天化日裡，不落色境……文章雄勁到都豁出去了。」

特別推薦：牧羊橋·再見／大風起兮／仙緣如花／我夢海棠／花問／月兒像檸檬／懷沙

3《炎夏之都》(小說集)
1982-1987

350元

本書收錄十六篇寫於1980年代的中短篇小說，早年分為《最想念的季節》及《炎夏之都》二冊出版。這段時期朱天文密集參與台灣新電影的劇本創作，因此多篇小說原為電影構思而寫。例如〈安安的假期〉〈風櫃來的人〉〈最想念的季節〉是電影故事大綱，〈外婆家的暑假〉〈柯那一班〉原本亦打算當成電影大綱，而〈童年往事〉則是電影與小說一起創作。〈敘前塵〉、〈外婆家的暑假〉則以小說筆法，描寫父母私奔、母親娘家等家族故事。

特別推薦：伊甸不再／安安的假期／風櫃來的人／最想念的季節／童年往事／炎夏之都

朱天文作品集：全八冊

胡蘭成說的：「照眼的好。」「人要比文章大。」

長長的思路浣出來不盡的文章
嗜美靈魂行經的跨世紀的荒頹
眼前有景啊道不得。一回回的為之怵目驚心

丁亞民：約是日本語吧，有句話是「女心」，這兩字望著真好，天文的人是那樣深那樣曲折婉轉，真是那女心無限了。

王德威：因著對官能世界的誘惑有著由衷好奇，對時間及回憶的虛惘有著切身焦慮；朱天文最好的作品掌握了道德與頹廢間的二律悖反關係，使她的世紀末視野，超越了顧影自憐的局限。

胡蘭成：那些好句子都是天文的人。

袁瓊瓊：天文的柔情大概託在散文裡；小說就一直地簡捷俐落，沒有忸怩之態，不帶廢辭廢筆，有種泱泱大氣。

黃錦樹：朱天文不僅從胡蘭成那裡習得神姬之舞而已。而是學了一整套的世界觀、認識論，它提供了一個整體的觀照，包含了文明／文化起源觀、歷史觀、美學觀等等……她的「後四十回」寫作修行毋寧是緘默的，她的關切不在那些易逝的、流變的「現象」，而是一些更為「本質」的事物。

詹宏志：一逕描寫熱鬧的、炫目的、芳香的事物，卻透露了腐爛前、衰敗前的有機分解，這位技藝圓熟、見解融達的朱天文是來到她寫作生涯的高處了。

舞　鶴：在生活中，朱天文「讀物閱人」，物不離人，書寫來自她對「現實存有」的熱情；「物的情迷」正是她小說的特色，這種情迷頗似所謂「物之哀」，它也使作品中常出現的類「博物誌」書寫具有文學的美。

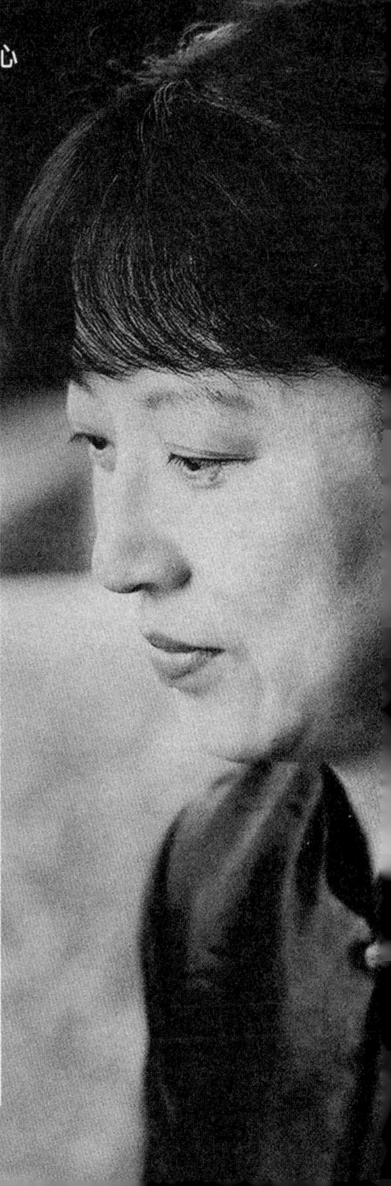

接著笑我的，我自己。

因為啊有一種淚，它像水潑到防水布上，不沾不滯滾掉了。例如ET，它最終跟地球人道別時胸腔內的約莫是心臟物紅通通亮起來，劇中人哭倒，劇外人亦哭，邊哭且邊謝謝遞過來拉拉紙的同伴：「沒辦法，我的眼淚從來廉價，不算數的。」它跟拿支羽毛搔鼻孔打噴嚏一樣，乾的淚，滾過表皮就沒了……（待續）

INK

「所以，換一個通關密語吧，把張愛玲刪除，試試卡爾維諾（或者誰有更好的建議）？」

「朱天文最『滑稽』的一部小說——過往朱天文的小說並不如此，比較嬌矜，比較知書達禮，不苟這樣的契訶夫言笑。」——節錄自唐諾〈關於《巫言》〉

而崩壞如果已是定局，等於說的是此時此刻已進行之中了，

是現在，你當著手為下一輪女性的、實物的太平盛世做預備。

當年〈世紀末的華麗〉由此寫出了一個極詭異的時間景觀，不是現在總無可阻止的化入、消亡於非過去即未來的奔流時間大河之中毫無厚度，而是倒過來，過去和未來兩頭傾注於此時此刻，讓現在幾近無限的膨脹、凝結、延長，以某種近乎全然靜止的最從容最徐緩速度進行，時間分解成光陰實體化的一寸一寸，讓米亞帶一抹微笑的得以一物一物挑揀、加工、收存，讓那些如電似幻、瞬間消滅的東西俱成堅韌不壞。

我們大致可以這麼說，這是一種無法同情自己的小說書寫去之路，你眼見、耳聽、嗅聞、觸碰乃至不意閃入心頭如禮物的所有細碎靈光之物，除非能化為知識、快快化為於此文明思索「有用」的知識，便不值一寫，只能以朱天文的私人身分收藏起來（沒那麼容易遺忘，也還好沒那麼容易忘，事隔多年《巫言》不又一件一件的回頭想起來了嗎？）。我們看尤其是〈世紀末的華麗〉寫出後的整整十年時間，無論年紀、心智、書寫技藝乃至於閱讀者的誠服信任，按理都應該是朱天文的書寫黃金時日也應該是她最複雜多樣的眼觀四面耳聽八方無比自由時刻，朱天文卻彷彿進入了某種書寫的直線加速期，眼前好似只剩一事只孑然一身，一直衝到正面攻堅……

《巫言》，大致上使書寫於這樣後預言的、自由了但也捉摸不定的心緒裡，置身劫毀事外的米亞變回了包含在普遍死亡中的朱天文自己，那些或化為象徵或只能捨棄的自身細碎事物遂復原為實事實物，歷歷在目的重新得著意識。這樣的憂鬱如卡爾維諾所說，不是幻滅的，而是穿透的；不是唐・吉訶德調子的，而是丹麥王子哈姆雷特的，不是火熱濃稠的，而是顆粒的、微塵的。

如此，小說之巫，「巫」的意義，對昔宛如神姬。如今天我們在日本神宮神社舉目可見那種素淨安定絕美神女的朱天文，便被推回到最原初、創世紀秩序之前，那種李維史陀所說和科學同源且平行、一樣用以認識世界萬事萬物一切現象和人自身處境、知識本質的巫術。

然而，以巫為名，並以此言志，說明了這部小說不可能是單純的寫實小說。川端康成說：「我不相信戰後的世界和風俗，不相信現實的東西。」小說家可以棄絕這一輪人生，這一層頹敗的現實，這一眼望去糟糕的人糟糕的一切，但一個巫師不如此，他們會如卡爾維諾所說有「另一個感受層面」，並由此尋找改變現實面貌的力量。

——節錄自唐諾〈關於《巫言》〉

《巫言》封面攝影｜蔡正泰　作者攝影｜姚宏易　視覺設計｜蔡南昇

「因爲牛奶跟牛肉是媽媽跟小孩，我們覺得一起吃很殘忍。」他告訴她，還說這麼一大堆規矩就是他不信教的原因，信到後來什麼都沒得吃了。「不過當然，規矩是人訂出來的，人總是能想聰明的方法把它們一一打破。」

有一次她做了中餐請他，他滿臉笑容稱讚好吃，之後幫著她收拾洗碗的時候，像是不經意地說了一句，「中國菜好吃是好吃，但好像還不是太細膩的料理。」

看她滿臉不悅，他從背後抱著她，吻著她頸根，咬著她耳朵叫她不要生氣，這當然不是在影射今天這麼豐盛美味的晚餐，還有在床上等著他的，更像是脂溶乳潤又甜又香的法國點心。她沒有在意亂情迷之間忽略了他語中法國式的傲慢，或西方人的自以爲是；她於是正色告訴他魚翅、燕窩、鮑魚等處理烹調上種種細膩而繁雜的程序，以及滿漢全席匪夷所思的奢華程度，問他這樣的料理憑什麼不比法國菜細緻。「你從來沒到過亞洲對不對？不要以爲歐美這種家庭式的中國餐廳就是中國料理的水準了。下次我帶你去吃眞正的中國菜，看你還敢不敢說它不精緻細膩！」

他沒說什麼話，抱著她，笑著說她野心比他們猶太教牧師還大，要徹底顛覆他的食物信仰；還把手放在她身上四處遊走，在耳邊低語著，誰說我沒去過亞洲的？

在床邊矮櫃上習慣性地放著一碗冰塊鎮著的覆盆子，這是他最喜歡的水果，或說是玩具。他有時挑出一粒那像是紅色魚子裹成的莓果，要她伸出舌尖把每個小圓球個個擊破，像是吃魚子醬一般，笑道，「像不像妳第一次看到我的饞相，嗯？是饞那兔子還是饞我？」有時把那沁得冰涼的覆盆子散落在她身體私密各處，然後用嘴一一拾起；他們接那世界聞名的法國吻時也常有個把覆盆子隔在交纏的舌間，在動作中被壓碎打散，隨著唾液水乳交融，暗潮洶湧。

這覆盆子實在是個麻煩的水果。它壞得快，放不了幾天鮮紅的莓開始轉黑發霉，那紅黑交雜的圓球粒看來就像英國呢的方格，亂滑稽的；又禁不起碰，輕輕一壓就爛，要保持它的完整眞不是件容易的事。而這個臉蛋一流廚藝也一流的男人，並不比它更不麻煩。重重的猶太教規沒有限制住他，但是他挑剔的心又制定一堆堆儀式規矩要遵守，煩不勝煩地一再重複，多種族的背景並沒有讓他學得寬容，能欣賞不同文化的長處。熱戀期的法國式殷勤很快過去，他不再對她的手藝讚不絕口，每道菜入口總找得到可以爭議批評之處，不管是調味上的疏失，菜色美觀的問題，或盤子溫度的學問；這些時候文化差異可能成爲挑剔的話題，不管他是開玩笑或半

235-62
台北縣中和市中正路800號13樓之3

印刻出版有限公司　　收

讀者服務部

姓名：＿＿＿＿＿＿＿＿＿＿　性別：□男　□女

郵遞區號：＿＿＿＿＿＿

地址：＿＿＿＿＿＿＿＿＿＿＿＿＿＿＿＿＿＿＿＿＿＿＿＿

電話：（日）＿＿＿＿＿＿＿＿＿＿（夜）＿＿＿＿＿＿＿＿＿＿

傳真：＿＿＿＿＿＿＿＿＿＿

e-mail：＿＿＿＿＿＿＿＿＿＿＿＿＿＿＿＿＿＿＿＿＿＿＿

INK

INK PUBLISHING

讀者服務卡

您買的書是：________________________________

生日：________年________月________日

學歷：□國中　□高中　□大專　□研究所（含以上）

職業：□軍　□公　□教育　□商　□農

□服務業　□自由業　□學生　□家管

□製造業　□銷售員　□資訊業　□大衆傳播

□醫藥業　□交通業　□貿易業　□其他________________

購買的日期：________年________月________日

購書地點：□書店　□書展　□書報攤　□郵購　□直銷　□贈閱　□其他

您從那裡得知本書：□書店　□報紙　□雜誌　□網路　□親友介紹

□DM傳單　□廣播　□電視　□其他

您對本書的評價：（請填代號 1.非常滿意 2.滿意 3.普通 4.不滿意 5.非常不滿意）

內容______　封面設計______　版面設計______

讀完本書後您覺得：

1.□非常喜歡　2.□喜歡　3.□普通　4.□不喜歡　5.□非常不喜歡

您對於本書建議：

感謝您的惠顧，為了提供更好的服務，請填妥各欄資料，將讀者服務卡直接寄回或傳真本社，我們將隨時提供最新的出版、活動等相關訊息。

讀者服務專線：（02）2228-1626　讀者傳真專線：（02）2228-1598

認眞：「中國人吃飯都不事先溫盤子的嗎？你們不曉得外觀與顏色搭配和口味一樣重要嗎？」然後，跟她眨個眼，「比法國人更有文化更講究的中國人，妳確定妳說的眞正中國菜找不出讓我挑的地方？」

這天R小姐在公司被刮了一頓，心情已經夠差了，回到家又聽他囉唆個沒完，隱忍著不發作，面無表情地吃飯，任那嘮叨的話語從耳邊過其門而不入，視線呆呆地定在水果盤的覆盆子上。以往看來那麼嬌弱無助的小紅球在此刻散發出一種無法言喻的危險氣息，鮮紅欲滴的一個個紅唇開啓著，引誘著她，爲什麼不大膽出擊？

她回到與他初見鍾情的恍惚中，但比那時又多了覆盆子鼓勵下成形的一股殘忍的清晰。毫不考慮地，她抓起一把覆盆子在掌心揉得稀爛，糊著那果醬的手往他白襯衫連汁帶水地抹上去，在他意會過來之前，拉開他褲頭把剩下的整盆倒進去。

殘餘的覆盆子和碎冰傾覆而下的瞬間，那瑰麗冷凜的紅玉瀑布像是順勢淋在她身上，就著冰澈明亮的節奏，她雙手使勁搓著他跨下，直到褲襠那塊完全爲鮮紅的液體淹沒爲止。

Strawberry 草莓

S小姐一直覺得草莓是美麗的，只要有它在的場合，不管是和其他果物盛在水果盤上或作爲糕餅類的點綴，總會把整體襯得嬌豔動人。

在她的結婚蛋糕上，草莓確實也發揮她所冀望的功能，把婚禮妝點得色彩繽紛，贏得賓客一致讚賞。那個草莓鮮奶油蛋糕不只是外觀美麗，風味也是一絕；白與粉紅交織的奶油蕾絲沈甸甸墜著鮮紅的新鮮草莓片，像是貴婦蓬蓬裙上的紅寶石碎鑽，雖然華麗似乎傳統保守了些，一切開才發現大有學問在。那裡面的夾層像是老樹年輪的切片，包含了香檳草莓慕司、薄片巧克力、薄荷冰淇淋、香草冰淇淋和更多的草莓蜂蜜碎片，熱鬧滾滾喜氣洋洋，一層層單吃或把所有材料混在一起，口感皆佳。唯一讓S小姐不悅的是站在蛋糕頂上那兩個小人，好像肥了些矮了些，讓她怎麼看怎麼不順眼；新郎當然不會在乎，因爲他本來就是那等身材。S小姐偷偷問伴娘，「妳覺不覺得糕餅師傅是故意的？看那個小新娘腰那麼粗，也不知懷了幾個月的身孕！」伴娘說她多慮，絕對沒這回事，她還是無法釋懷。

本來，挺著個日漸鼓起的肚子試禮服，只能黯然割捨那件她最愛的束腰宮妝，意興闌珊地找一些看不出身材美醜遮得住肚子的穿，已經讓她夠嘔的了；在婚禮現場，她怎麼若無其事都好像有人看她肚子，在她背後竊竊私語，連蛋糕上的小玩偶都跟她作對！

數月之後，S小姐生下一個她覺得醜得不像話的女嬰。小女兒生出來一根頭髮都沒有，好一陣子她擔心是不是個天生的禿子；雖然嬰兒誰不是白白胖胖，看她那手短腳短的樣子，肥肥扁扁像是元寶形的手指甲，就知道將來跟她爸爸一樣是個小矮子小胖子，也不會有十隻纖纖擦著豔紅蔻丹的美指。只有那給了她所有不良遺傳的爸爸視若珍寶，百般疼愛呵護，泡牛奶換尿布的工作也不辭辛勞地攬在身上，更樂得她輕鬆。

產假過後S小姐回去上班，發現辦公室所有女性同胞魂不守舍，整天津津樂道著一個新的名字。他是主編力捧的新人作家，風格時髦頗合市場胃口，沉穩餘韻還不足；但是沒有關係，大家都知道他還會成熟，即使沒有長進，把他捧紅，在他身上錢撈夠，也就可以了。

第一次見到他，S小姐終於明白他在異性身上引起的騷動原因爲何：這人不但生得風流倜儻，舉止氣度也那樣不凡，談話時總有本事讓對話者覺得自己是他眼裡唯一的女人，難怪令人著迷。跟這樣的男人比起來，任何人都相形失色，而她那老公呢，就不用說了，長相也不如人，社交手腕也不能比，雖然溫柔體貼又對她死心塌地，這樣的美德好像太普通了點，拿來說嘴也沒什麼好得意的。她心裡一再嘆息著，眞是相見恨晚，早點遇到他就不會把自己跟那個平凡無奇的男人綁在一起了，人年輕總是想不清楚，不會爲自己打算。

後來S小姐毅然丟下老公幼女和她的白馬王子私奔的時候，女同事們雖然議論紛紛，一方面爲自己沒有雀屛中選成爲幸運的女主角恨得牙癢癢的，一方面心裡也是能同情了解S小姐的選擇；未婚的檢討爲什麼競爭力竟不如人，已婚的問自己在同樣的情況下是否把持得住，堅守著所選擇的那個較不出色的男人。S小姐當然不是對深愛著她的那個老公毫無愧疚，但她總是安慰自己，所以我把小孩留給他了啊！這女兒再怎麼不像我，總是我生的，是個最好的禮物，他眞想我就帶帶那個孩子，心情能得到點寄託，也不壞嘛！

很快S小姐再度懷孕，一舉生下一對男雙胞胎。果然優生學的理論是對的，這兄弟倆比起他們異父姊姊大不相同，兩人同樣俊俏同樣討喜，讓她不知疼哪一個好。生第一胎沒有給她多少爲人母的經驗，照顧起來一時還眞手忙腳亂，而孩子們的爸爸又幫不上她多少忙。後來他還索性讓她一個人搞，丟下一切跟另外一個女人跑了。

這下S小姐從女人們欣羨的對象變成過街的老鼠，當初嫉妒她的人搶著說活該，說她不守婦道的現在喊得更大聲了，報應可不在眼前？彷彿她的心碎苦難還不夠，就是要落井下石，把她砸死在井底爲止。S小姐把眼淚留在家裡，在那雙胞胎身上，在外面她同樣是個胸膛脊梁挺直，處事幹練俐落的職業婦女，那些想看她笑話的人，等著下輩子吧！

那些人是沒想到她居然還有臉見她拋下的那個老公。其實，這再自然不過，就是經過這番折騰，更能珍惜他那一番毫無虛飾的情意，心裡更是悔恨傷害了如此善良的這個人；至少，他也值得她出走以後從來沒說過的一聲抱歉吧！

聽到他要她回來時，她以爲自己在做夢。天下怎會有這樣的呆子，這樣無怨無悔收拾她丟下的爛攤子？但她沒有聽錯：他還是愛她，那兩個小孩可以冠他的姓，他會好好把他們撫養長大，只要她答應不再那樣不告而別。

兩人的復合，沒有盛大的宴會慶祝，只是個家庭聚餐，邀請少數交好的親族密友。飯後，甜點上了，S小姐嚐著那草莓派心裡百感交加。和她婚宴上一樣的草莓，不一樣的滋味；這草莓包在派皮裡烤得褪色，失去它慣有的鮮豔，但那入口即化的溫潤美味，是現在的她更能欣賞的。這次，她終於能抓住屬於自己的幸福了吧！

四十年後，雙胞胎哥哥的兒子告訴心愛的女朋友祖母年輕時這段風流韻事，女朋友問了，你祖父好有肚量啊，他是個什麼樣的男人？S小姐的孫子說，我五歲時他就過世了，所以我也不知道，據說他是個像草莓般sweet的男人。女朋友以女人自私而慧黠的心思暗暗禱告著，希望男人不管怎樣也要得到沒有血統關係的祖父優良的遺傳。

Truffle 松露

愛情正如松露，不因它如松露深藏地下，得費心尋覓挖掘，而因它也是這麼個徹徹底底的奢侈品。

松露不像香菇蘑菇可以整朵大大方方食用，它的美味不在本身的口感，而是氣息，而且它的昂貴也無法讓人暴殄天物地一顆顆拿來當瓜子嚼；一朵指頭丁點兒大的灰黑菌類，已經足夠讓多少佳餚薰上它獨特的香氣，刺激那些被寵壞的味蕾。或是用松露提煉的香精融入上等橄欖油製成松露油，只須在任何嬌貴沙拉、義大利麵、risotto裡滴個一兩滴，松露香馬上四溢，整盤風味完全改變，身價也隨之暴漲。

松露這樣以無形的氣味掛帥，取代支配實體的特質，不就像愛情一般？多少時候我們捉摸不到愛情，只能感覺到它的氣息；任何事物只須微量愛情的渲染，就能變得令人難以置信地美好；當我們終於有機會見識它的眞面目，就像看到松露本體一般，不敢相信這無盡的纏綿銷魂竟來自這麼個滿身皺皮的侏儒。

T小姐訝異她竟然在情關裡闖蕩多年，直到傷痕累累的皮膚結了穿不透的硬繭，直到淚腺完全萎縮再也不知淚爲何物，直到那鮮紅跳動的心慟於蒼白死寂中，才看破這個道理。奢侈品是要用錢買的，那些第三世界的郵購新娘有誰吃得起松露？驀然回首，她問自己，花那麼多心思追求的愛情，剝除它眩人的芬芳迷霧只剩下個不起眼的小可憐，值得嗎？只有付出代價的不是自己的時候才值得。松露的哲學給她的教訓是別再爲那小小菌類轉瞬即逝的馥郁氣息付出慘痛代價，讓別人替她出這個錢，而且要出得起這個價錢的才行。

任何事只要想通，做起來是很快的。從大學畢業以後，T小姐就沒再動用家裡半毛錢；走到哪裡都有男人幫她付得好好的，是個不勞她爹娘操心的孝順女兒。工作了幾年，想出國念研究所，熟識的一個客戶贊助了機票和一路順風費；抵達學校之後不久，她搬進一個比她大二十歲男人寬敞的公寓，當然從此後學雜費生活費也不是問題。T小姐不是亮麗得可以上雜誌封面的美女，更沒有模特兒的身材，但她清秀而稜角分明的面孔有其吸引人的地方，配上不管什麼時候都那麼冷漠的那雙眼，就是很能煽起男人的慾望。在她生命裡來來去去的男人們一看到她，都希望自己能成為唯一燃得起她熱情的對象，融掉她眼底萬年的冰霜。她那不屬於她這年齡的世故，讓年長的男人趨之若鶩，年輕的肉體對性愛的機敏與爆發力，又讓他們心甘情願地沉淪；他們多半比年輕男人更有經濟基礎，能奉上她所要求的，也通常得到優先的考慮。就這樣，在多方贊助下，她不花自己一分一文順利拿到學位，以她圓滑的手腕，跟恩客之間的關係一向能處理良好；反正買賣談清楚，不牽涉太多感情，永遠是好聚好散。

畢業後，T小姐以她面對男人慣有的俐落與魄力很快找到工作，在職場的表現也頗讓老闆激賞。看著戶頭存款越來越多是件愉快的事，這讓她享受到另一樣奢侈品——自由。但是，不同於松露與愛情之處，在自由的實體與光環沒有那樣大的落差關係。她要的大部分東西都掌握在手上，再也沒有必要為了某些目的讓一個男人束縛住；她依舊讓男人們為她付約會的開支，但除此之外他們不再有更多貢獻的機會，也不能管她的行動。開著心愛的跑車，馳騁在陽光沙塵之中，這樣的感覺是美好的；她暫且不考慮買房子的事，正如她不急著有一個穩定的交往對象。

認識那個來舊金山服海外替代兵役的法國男人時，她以充分享受自由的心態和他約會。他在法國文化中心教法文，日子過得挺逍遙的；他告訴T小姐原本分派的第一志願是亞洲，像日本、中國、香港等地，可惜競爭太激烈沒有分配上，因為這年頭法國年輕人個個都想往亞洲淘金。「但是，認識了妳這樣出色的亞洲女子也是一樣的，我開始相信我到舊金山來就是為了跟妳相遇。」他用法文腔很重的英文說著，眼睛很抒情地看進她的眼裡。她絲毫不為所動。

嗜吃的中國人和法國人湊在一起，很快就吃遍舊金山灣區馳名的餐廳；他還教會她怎麼選好的鵝肝醬，品酒的藝術，以及飯後來杯干邑白蘭地配微苦的黑巧克力這等頹廢的把戲。他愛美的程度和品味並不下於她，聖誕節後大拍賣他們一起去搶購，還為先看男裝還是女裝起了爭執；在床上，也竭盡所能討她歡心，果然沒有辜負法國人情聖的美名。只有一點，是他算帳跟她算得很清楚，出去都是各付各的，雖然年節特殊場合的鮮花禮物總少不了她，雖然她錢賺得比他多，一向等著人家幫她付錢的她還是不太習慣。

後來他建議兩人住一起可以省下不少開銷，「而且，」他對她眨著眼在她耳邊低語，「我們從早做到晚多麼方便……」那陣子他們在一起的頻率頗高，真住在一起也不是不實際的建議，但想到要男人搬進來容易搬出去難，她無法以經濟因素放棄岌岌可危的自由。同時她已發現這種深富現代精神的自由關係有著它的極限，只有在理論上可以無限延伸：他開始要求男朋友的名分，不許她跟別人約，還在她面前掉眼淚。他服役的日子將告期滿，掉淚的頻率更高，要她跟他回巴黎。於是她問他，你對自己將來打算如何？我一句法文都不會，在巴黎能作什麼？他洋洋灑灑列出一大堆可能的職業與抱負，任何一項都足以讓她過著玫瑰色的法國人生，法文可以去了再學，反正時間多得是。她看著從法文課下課，到保姆家接了小孩，推著嬰兒車進地鐵站，趕著回家做飯的自己，毅然搖搖頭。於是她送著他含淚離開美國。

在某個冬春交接的松露季節，她品嚐餐廳自製的松露鵝肝醬，突然想起當年有人教她怎麼看肝醬如大理石切面的紋路辨別好壞。她想起過去的這些男人們，大多供給她奢侈品，少有人眞正跟她一起享受奢侈品，但是，若她選了那個對未來一點計畫都沒有的男人，可能要放棄這些奢侈品，走回她只爲這奢侈的愛情而活的純眞年代，值得嗎？

那天回到家，她泡了個舒服的熱水澡，放鬆自己不再去想。在氤氳的霧氣中閉上眼，一股熟悉的氣息鑽入鼻尖，剛開始像是沐浴精的香味，但是在那花香中好像還有點更細緻的味道，質感就像今晚肥嫩的鵝肝裡畫龍點睛的松露；更仔細聞像是她法國情人香水混著體味的氣息，又像他們做愛以後汗水緩緩蒸發混進香味蠟燭散在空氣中的味道。

有些奢侈品是錢買不到的，有些自由是在某種程度的束縛中被凸顯的。和他在一起那段歡樂的時光又在她眼前浮現，但這個殘夢就像法國豬剛掘出的松露，在飼主來得及阻止前就被吞下，轉瞬消失得無影無蹤，只有香氣還飄在空中。

Ugli Fruit 優克力果

二十年前，趙傳那首〈我很醜，可是我很溫柔〉走紅，唱出多少醜男的心聲，觸動多少善感的心，演藝圈也掀起了丑星當道的風潮。適逢青春期的U先生從此把這句話當作搭訕的必勝台詞，突破女子們的心靈警戒線。

上帝造物雖不公平，人定勝天也並不是句空話。自幼就被歸類爲醜男這個族群，讓U先生深深體會有一副英挺的外貌身材，在異性之間多麼吃香，不須做什麼也有女人過來，即使不是很溫柔也不會沒人理睬。他不因此而自暴自棄，只是體認了他註定要比別人付出更多努力，所得到的成果通常更加甜美，因爲不是不勞而獲。

他精心鑽研唐璜軼事野史、卡沙諾瓦回憶錄、雄辯說服技巧、婉約水磨功夫，把一張唇舌訓練到進退攻守無往不利，遇到什麼樣的case總能應付自如；他深知女人腸胃與性感帶緊密相連，故而潛心各國料理美食烹飪，練得一手好廚藝；他對壯

陽術、御女經、色情錄影帶研究透徹，床上大戰總能把對手伺候得服服貼貼的，以感官上的享受彌補視覺上的不足。在這些方面，他佔的優勢顯然多於帥哥，因爲根據他的觀察，女人對英俊的男人一方面青眼有加，一方面又受制於男人十帥九花的刻板形象而有所抗拒，但沒有人會在醜男面前矜持。她們對他放鬆戒心就是他的機會，再加上他那張三寸不爛之舌，不管是處女風流寡婦大家閨秀小家碧玉辣妹尼姑，最終沒有人逃得過他的獵網；再加上女人對會煮飯的男人一般都有好感，只要他帶她們回家露個兩手，在美食的餘韻之間，精選的情調音樂與昏暗的燭光下，他的面孔也有了不眞切的美感，在家主廚之妙不是經濟實惠可以道盡的。她們上了他的床，不習慣頂多閉上眼睛，絕對沒有人敗興而歸。對U先生至今還懷念不已的某小姐，說比起來她風流倜儻的前前任男友簡直是一敗塗地，自負外貌而不肯花工夫磨練技巧，可見男人眞是不可貌相，越醜潛力可能越大，後勁可能越強。U先生心裡冷笑著，誰不知女人在這方面比男人更現實，好壞馬上論英雄，情意也是由此生。男兒若志在四方，那方面不行還混什麼？

「我很醜，可是我很溫柔。」U先生對這台詞最滿意的地方在它塑造出一個理想的醜男形象，他是不是眞的溫柔只有天曉得，可是大家基本上會認定像他這樣長相的人相當無害，不像那些天之驕子的英俊男人們必定被女人寵壞了，不懂得溫柔敦厚的美德。

跟他一樣號稱「我很醜可是我又甜又好吃」的，就是優克力果。U先生好友從網路下載了優克力果的圖片與介紹，讓U先生一看，大嘆這人不愧爲他肚裡蛔蟲。優克力果是在牙買加培育出的桔柚新品種，外皮凹凸如月球表面，頗似U先生臉上水痘與青春期內分泌過旺所留下的凹痕浮腫，但它焦黑似鍾馗的顏色甚至比U先生更嚇人；名字叫優克力（Ugli），說不醜（ugly）都沒人相信。這水果可以剝了皮像橘子般吃，或切開當葡萄柚挖，據說那甜美多汁的滋味也是一絕，不知是眞的超凡入聖的美味，還是由於人們看了它醜陋的外貌，期望自動降低所以容易被滿足。與他的哲學不謀而合的優克力果，眞是相見恨晚，只可惜超市裡不易找到它的芳蹤，只能憑空想像它的意境。

優克力果的例子儘管對極了他的胃口，卻不能適用在同胞的妹妹身上，這就不知是上帝還是社會不公平了，女人總是吃虧點兒。醜男在女人堆裡還是吃得開，但醜女再怎麼樣總是無法和美女抗爭，即使她學養或床上工夫過人。畢竟女人從小就被教導男人的價值不在長相，對容貌的容忍度還是高一點，不像男人可以理直氣壯地以貌取人。小說戲曲裡的「才子佳人」不就說得很清楚嗎？男人有才可以無貌，但女人不管有才無才不能無貌。U先生妹妹長年滯銷，除了為她感到遺憾，實在一點辦法也沒有。

即使遺憾，U先生也不會把他求偶的目標移開美女的圈子。他的情人們個個是臉蛋身材皆為一時之選的漂亮寶貝，走在一起會讓路人為這組合的不搭配看得眼睛發直，讓所有男人都妒火沖天。唯一的例外是個長相與妹妹在伯仲之間的女孩，不用說了，兩人之間一定是純潔的友誼，而U先生對她的境遇也是感到一樣的遺憾。她自己倒是看得很開，「得之我幸，不得我命，畢竟婚姻愛情不是人生的全部。冒冒失失跳入一個陷阱，在一個長期約束中受苦，倒不如一個人寂寞還逍遙自在。」

U先生發現有個紅粉知己（如果「紅粉」的定義是女性而不是女色）的感覺很不錯。沒有肉體關係的可能性使兩人親密的程度維持在穩定的狀態，她就像個哥兒們，但又沒有男人間有意無意的競爭意識，可以無話不談，百無禁忌。U先生甚至不避諱跟她討論與其他女人交往的一些X級細節，分享無數不足與外人道也的小祕密。

「基本上你這個人心裡還是感到不平衡，」有一回她那麼告訴他，「不，不要急著否認，就說你為什麼一定要跟美女在一起好了，你不覺得這是對這重色輕德的社會一種報復方式？你不覺得和那些女人們的關係都不持久不是沒有原因的？」

U先生不同意，「我不覺得我有什麼心理障礙。我只不過是個平凡的男人，誰不喜歡漂亮女孩？應該說這是個普遍的人性弱點，跟一般人比較起來，我更努力積極討女人的歡心，她們跟我在一起總是快快樂樂的，分手也是美好的回憶，這不是一個男人能給女人最好的禮物嗎？」

「這就是你說的『我很醜可是我很溫柔』嗎？你想過為什麼你總是要強調這個醜和溫柔的對比？為什麼你總是要費這麼大的力氣證明什麼？」她指著他給她看的優克力果圖片，「像這優克力果的宣傳，完全針對消費者好奇的心態，它是不是真的有那麼大的號召力，能徹底轉變人們愛美的天性，即使試過它一次好奇心減低了，也不會捨棄它回歸那些差不多一樣甜而果皮平滑順眼的柑橘？尤其如果它的價

錢又比較昂貴？」

他的自尊心受了點打擊，「妳的意思是說女人們對我的好奇心滿足了就會走開？妳知道通常我都是那個先說再見的人。」

「你是否潛意識裡想在人家說再見之前就先下手爲強？」她笑著拍拍他的手，「別誤會，我沒有那個意思貶低你。我們講的是包裝的問題，或許你並不需要這個對比強烈的醜與溫柔的包裝？何不讓人眞正看到你的模樣？不會有人喜歡這樣實實在在的你嗎？這種不需要用醜去凸顯的溫柔？」她看著他，眼裡有著動人的溫婉，「我只是覺得你有權利享受更美好的事物。」

那是一個美麗的時刻。他知道她的意思，而她的眼睛在朦朧中竟泛著七彩絢麗的光芒，他幾乎要握住她伸出的手，接觸她在那迷濛中溼潤的唇。

但他還是縮了回去。他把話風一轉，不著痕跡地婉謝了她的邀約，她也從此不再提。

多年以後，某天U先生在超市竟發現進口優克力果，馬上興奮地買回家想試味道；在他來得及品嚐之前已經被妻子丟了，以爲這怪形怪狀的橘子或柚子已經腐敗

了。她不知道丈夫爲什麼爲這點小事發脾氣。

U先生再回去已找不到優克力果，也許它銷路不好超市沒有再進貨。他悵然地看著架子上另一種水果塡不滿的空虛，想到已在他生命裡消失的那個女孩，那句「此情可待成追憶，只是當時已惘然」浮上心頭。她那時就看出他今日的困境，慷慨地提供自己來分享生命中的苦樂酸甜，只要他愛她，他們也許可以走過一段難忘的歲月。但他沒有那個膽子接受，直到現在才發現他失落的那個契機多麼可貴，跟那尋不回的優克力果一樣，一切都太遲了。

Vanilla 香草

V先生的工作室主要以大片落地窗與玻璃構成，鋪了打得晶亮的黑色花崗岩地板，加上鮮豔華麗的天鵝絨布帘，戲劇效果十足。不只一個顧客跟他反應，比較起來從青花盆裡伸出胳膊攀著樑柱而上的藤蔓挺不起眼，跟工作室氣氛不太搭調，開了蘭花也是怯怯然，還沒看清楚就謝了。V先生總是笑笑，說花是配角，主角就是像各位這般耀眼的明星，正好讓這舞台襯你們。雖然V先生大部分顧客都是影藝時裝界赫赫有名的人物，這話並不算太恭維，聽起來還是蠻令人舒服的。

有一回他的熟客名模某小姐在晚宴前來讓他上妝，聊到他若喜歡蘭花，下次叫人送些珍稀品種如何，可以把他這兒點綴得更氣派華貴，他搖頭謝謝對方的好意，說他對蘭花沒有特別的興趣，就偏好這香子蘭。

「香子蘭？是什麼啊？」

某小姐正想說聞起來沒什麼，比它香的蘭花不知多少，V先生說了，「花謝了結的豆莢就是香草。」

某小姐瞪大了眼睛，害V先生畫著她眼線的手差點閃失，「原來香草是蘭花生的，我還不知道呢！」

V先生笑著說這自然，大部分的蘭花只能觀賞，沒有人想得到它們可能也會結果，而且還有經濟價值，不過香子蘭恐怕是唯一的；現代人大部分只認得香草的味道，不曉得它眞正長什麼樣子，我們常忽略的就是這些最平常最熟悉的事物了。說到這兒，發現某小姐正專心審視她十指的蔻丹是否擦得勻稱亮麗，他識相地閉了嘴。

V先生從小就喜歡塗鴉，課本筆記簿的邊緣都畫滿了上課無聊時作的速寫，被沒收了，雖然老師會板著一張臉訓他，心裡不得不承認這小鬼確實畫得不錯。有些不對勁，是他不像一般男生畫些怪獸機器人，而是捲髮大眼睛的娃娃，穿著各式各樣漂亮的裙子洋裝，和他從女同學處借來的少女漫畫主角一個樣子。男生都糗他，說他不願意和他們在沙堆裡打滾玩戰爭遊戲，整天跟女孩子混，一點男子氣概也沒有，他也不以爲忤。到後來，他發現他喜歡和女孩們在一起，但永遠都沒法對她們產生纏綿之意，眞正愛戀的，是跟他同樣的那個性別。

V先生父親是個蘭花痴，從小他也耳濡目染，對蘭花品種稍有了解；但從來對父親擺在客廳花姿嬌貴炫耀的品種沒多大的興趣，關懷的是長年在溫室裡被冷落的香子蘭。這是一種什麼樣的心態，自己都不太清楚。就某一方面，這蘭花實實在在生產香草經營後嗣的概念，和他那戀愛做愛完全不以傳宗接代的目的性爲考量的方式大異其趣；也許，他期許的生產力，是以工作表現豐富的創造力，從他生花妙筆下走出去一個個豔光照人的俊男美女，就已經是他傳世的作品。

V先生在他那個圈子裡很快爬到頂尖的地位，沒有預約很難訂到他的時間，而且不是超級大牌已經請不起他特別到場服務。如果他的性傾向並不構成異類的條件，他這個人在這膚淺皮毛紙醉金迷的世界裡眞是個異類；只有他知道那些鎂光燈下風采動人的明星沒上妝前是什麼德行，說起來，他好像是這世界裡少數還會看書、還知道世局轉變的人，但這些得小心翼翼藏拙起來，免得被說是傲慢擺架子。

這天的客人是當紅的性格小生，自從演了某鴛鴦蝴蝶作家的暢銷名著改編電影竄紅後，聲勢扶搖直上，頗有天王巨星架式。他閉上眼睛讓V先生處理眼部陰影，拔去濃眉下幾根岔路的毛，說了，「你這雙巧手眞不是蓋的，嗯，好甜的香味，是香草嗎？」V先生恭維他靈敏的嗅覺，對方笑著揮揮手，「不用跟我客套，香草，這麼原始又動人的催情劑，在這種光怪陸離的年代，根本就不太有人理睬。告訴你一個祕密，」雖然室內沒有他人，他的聲音還是低了下來，「我從來不用古龍水，剛洗過澡出來香草蜂蜜香皂的味道最棒了，那裡面就有兩種最古老最平常，但是殺傷力還是很強的催情香味。」

V先生剛好完成眼部的化妝，他也很有默契地在這時張開眼睛，那眼裡的挑逗不是夢境。他遲疑了一下，不是因爲對方不吸引他，事實上正因爲太吸引他了。和客人有了生意以外的往來，風險之大不是開玩笑的，也不符合他向來的原則。另外一點，是這個人在幕前幕後和女星們大搞緋聞，到底他的眞心眞性何在，或反正他的職業也只是逢場作戲？V先生不確定自己是否願意玩這樣搏命的遊戲。

有些事並不容人作如此理性的抉擇。對自己眩人的魅力毫不疑惑的他握住V先生強作鎭定的手，粉刷在那顫抖的指間滑落之際，已一把攫住他的唇。在暈眩之中，蜂蜜與香草的甜味在V先生鼻尖縈繞不去。

他訝異的是這人實際上比在公衆媒體之前表現出的形象更精明多了。他告訴V先生，市場要什麼，就適如其分地給他們，多給了是賠錢，少給不會紅；從事他們出賣色相這一行，有聰明與笨的賣法，聰明的賣不表示聰明才智都得現在影迷面前。「就看瑪麗蓮夢露吧，只有笨蛋才會相信她眞的是個傻大姊，沒什麼大腦的大胸脯尤物。」

他喜歡夢露，但不欣賞她爲情毀了自己，他相信自己的能耐不止於此。

於是V先生看著他在銀幕上以最標準的異性戀大衆情人面孔，風靡了所有痴痴仰望著他的芸芸衆生，包括那些和他對手的女影星們，不管是作作戲還是眞的對他一往情深，沒有人知道這個人甚至不是雙性戀。V先生和他的戀情永遠只能藏在地下，在公開場合露面，他只是他的化妝師，而他的大明星在人前冰山的冷漠與人後火山爆發的熱情，落差之大再次證明他眞是天生該吃演員這行飯的；V先生爲他若即若離的態度折磨，而他的痛苦在對方細細咀嚼品味下更形甜美。只有他一個人背負著他們玻璃屋的祕密，讓另一個人能自由自在來來去去，而自己呢，就成爲這祕密永遠的囚犯，雖然他的同性戀在圈子裡早就是公開的事實。

他把工作室所有香子蘭都撤了下去，丟了他所有香草香皂，期望香草味消失後的眞空能給他的心帶來些許自由。但那人俊俏的影子仍無所不在：每天總有新的香草氣息飄進他執著的記憶裡，不管是香草冰淇淋，蛋糕甜點裡充斥的香草味，甚至這一季流行的甜蜜香水中充分的香草暗示，在他每一個顧客，在街上擦身而過每個女子身上傳來，搞得他如痴如醉，幾欲瘋狂。

就因它如此平凡無奇，那無所不在的殺傷力才是驚人。

事情發生時沒有證人在場，是V先生助理一早到工作室發現報的警，兩人早已斷氣多時。警方偵訊時，助理表示沒有察覺異狀，老師和大明星一向合作愉快，從無爭執。顧客中有人表示V先生時而心不在焉，若有所思，但基本上不影響他的工作成績；V先生母親垂著老淚，說她白髮人送黑髮人，哀哭不已，除此之外是一問三不知；最近和性格小生走得頗近的美豔女星，也說不出任何特別內情，只惋惜演藝界痛失英才，巨星殞落。

警方最後以瓦斯外洩意外死亡結案，無法解釋的是現場濃得化不開的香草甜味。

Winter Melon 冬瓜

W小姐很早就知道這個世界是不公平的。同胞的妹妹沒她聰明伶俐，善解人意，但外貌上就佔盡不該有的優勢。父母師長再怎麼諄諄教誨人無貴賤、心誠則美，這個膚淺的社會硬是要以貌取人，連那些高唱反對論調的也不例外。

她小時候很喜歡的一個童話裡說到兩位雙胞胎公主一美一醜，一愚一慧，剛開始大家願意和美麗的公主在一起，但後來發現她難以讓人忍受的蠢笨，都一一離棄她轉向醜陋但風趣橫生的公主。這樣的故事從來沒發生在她身上：妹妹的確有著難以令人忍受的虛榮愚昧，但還沒蠢到無人問津的地步，尤其在這個時代，不太聰明的女人反而較受歡迎，她的追求者總是不斷。而且那個童話的結尾，讓美麗的公主終於得到智慧，從此和她的王子過著幸福快樂的日子，醜陋而聰明的公主下場如何，說故事的人也懶得交代。

極端的情況在童話故事裡才會發生的，就像妹妹不是笨得無可救藥，她也不是醜得驚天動地。她其實也有光滑細嫩的肌膚，閃爍動人的眼睛，形狀美好的嘴唇，但一樣的東西擺在她比妹妹膨脹了三四倍的大餅臉上，原本該是大眼睛和迷人的小嘴就完完全全地浪費，她只是個不起眼的胖妞。幼時她曾經很喜歡冬瓜，愛吃用冬瓜干貝熬的雞湯；到了青春期，異性的現實明顯地冷落有著肥短身軀的她，從此看到這與她身材酷似的蔬菜，心裡就是有那麼一種說不上來的反感。

在妹妹約會不斷忙著往外跑時，她只能專心致力於內在美的修煉。妹妹每日的約會報告變得越來越香豔刺激，以W小姐的修煉還是很難無動於心。某日，當她講到精彩處，W小姐若無其事地說，「妳眞是的，讓媽媽知道了可不得了。」

「妳眞呆，這種事媽媽怎麼可能知道？」

「媽媽爲什麼不可能知道？萬一有人告訴她……」

連不太用大腦的W妹妹都聽得出這是個威脅。從此以後，W小姐名正言順地和妹妹一起出去約會，苦了的是她那些男朋友們，總得千方百計支開她身邊那個大冬瓜似的電燈泡；最好的方法，通常是找個有義氣的哥兒們，在自己約會的時候照顧一下跟班的姊姊。由於這樣的苦差事沒有人願意長期承擔，W小姐的男伴倒也變化多端，少有重複的時候。

　　這天，出乎意料之外，她見到的居然是上禮拜同一個人；更令人意外的，是他之後開始主動約她，眞的是她而不是妹妹。W小姐向來就習慣有人接近她是爲了打聽妹妹的消息，或利用她作爲一親芳澤的跳板，從沒有人單純地只想知道她的事，想認識她這個人，一時還眞措手不及。這人是妹妹第三號男伴的死黨，長得其貌不揚，臉上青春的痕跡尙未消逝，佈滿大大小小的痘痘，瘦骨嶙峋的身材顯得手腳更是長得不像話，走起路來活像踩高蹺，連他自己都自嘲道，「我跟妳如果均衡一下豈不皆大歡喜？」

　　終於有人注意到外貌不是一切，能夠看穿臭皮囊下掩蓋住的眞心眞性，不過是否因爲這人也有著一副臭皮囊呢？至於在她這方面，W小姐頗爲自豪的內在美修煉也讓她突破外在的障礙，能看穿他滿佈疤痕的臉，接觸到一顆溫柔而敏感的心。初戀的喜悅是瞞不了人的，她的眼在迷濛的遐思與奕奕的神采間流連，那平日移動頗不靈活的身軀，舉手投足竟也有份遲緩的優雅，教人嘖嘖稱奇。妹妹好奇不過地打

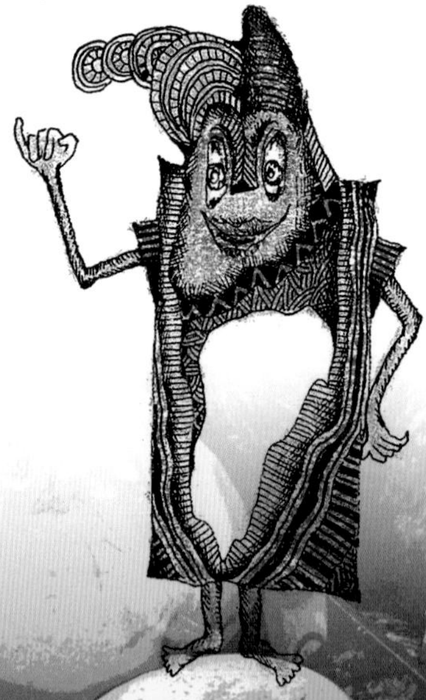

聽一些親密的細節，她總是笑而不語，一方面是沒她愛炫耀誇嘴，一方面是不願把這份甜蜜與這過於簡單的靈魂分享，還有呢，就是她謹記著言多必失的教訓。

果眞是言多必失。這天妹妹回來，得意地告訴她，「還說沒什麼好講的，眞不夠意思，妳跟他都已經到那個地步了，連自己姊妹也瞞著。」

W小姐知道不必問妹妹也會把聽來的一五一十招出來，但是這內容的精彩程度居然還是超乎她想像。據說她視爲男朋友的那個男孩，在朋友逼問譏笑之下，道出他爲什麼對個胖妹視如珍寶。「她的好處不是你們能想像的。肉多的女人睡起來舒服，尤其對我這種骨頭多的男人……」哥兒們笑著噓他，他又說了，「而且我喜歡大胸部的女人，你們就不知道她那對胖奶子抓起來多爽。喂，不要笑，看你們這些傢伙，女朋友都是那種才開始發育的胸部，乳臭未乾哪！」聽說他還拿了冬瓜做比喻，說只看外表肥肥短短不知道好處，它那觸感的柔棉滋味，不是箇中人能體會的。

W小姐已經聽不下去了。她不怨自己有個無知的妹妹還把這種事拿到面前說嘴，不怨他哪個沒良心的死黨把這事洩漏了出來，甚至不怨那溫柔敏感只存於表象

The BEST of NATURE

中的膚淺男孩。她只怨自己多年內在美的修煉付諸流水，到頭來看得見這些的只有她自己。

想起那熟悉的童話故事，即使醜不可言的王子還是要挑美而呆的公主，不曾青睞於醜陋但智慧與他匹敵的另一個公主。這個愛情寓言的教訓是純粹而美好的愛情不屬於那些醜陋、痴肥、或外在有缺陷的人——除非他們有足夠的金錢權勢作爲彌補。

後來聽說W小姐赴美留學去了。在一個更無情偏執於青春美貌的文化裡，她能找到自己的天空亦或受更多的傷害，我們不得而知；但至少那不是個會歧視胖子的國度，她該不至於覺得太孤單。

Xiporius Fruit 載波果

發現頻道（Discovery Channel）某天的旱生植物（Xerophyte）特集介紹一種X先生看都沒看過，聽也沒聽過，連想像都想像不到的果類，載波果。這原產於中南美洲的植物以阿茲特克神祇載波（Xipe）命名，因它細密羽狀的葉子、乳色薄翼的小花與紅色硬殼的果實，酷似載波在崇拜者面前紅身插羽、披掛人皮，十分威厲嚴酷的形象。

另一種說法，是因爲載波名中隱含「剝皮」之意，符合祂要求人皮獻祭的習慣，必須剝除硬殼才能食用的載波果也承襲了這個涵義。載波果肉乳白中帶點淡黃斑紋，成熟的果實是甜軟的，讓它過熟則開始轉硬變苦，無法下嚥；一個果實的好壞，只有去殼才能知曉，一般只能儘早採收食用，以防它成爲避之唯恐不及的苦果。

X先生瞪著電視上帶著猙獰面孔與傳奇色彩的異果，還來不及讚嘆造物之譎妙詭異，耳邊一個女子的聲音響起，「就像是你，披著人皮的狼。」

X先生記不得那聲音，在他性生活裡來來去去的女子實在太多，大多數連一個面孔聲音身體特徵都沒有留下，一個晚上給他的短暫歡愉，在每個太陽升起的時分，早隨著晨星朝露消失得乾乾淨淨，記憶當然不可能保存到現在。而且，講過那種話的，好像也不只一個人。

在X先生反應過來以前，第二個聲音已經響起，「你說你一直在尋求眞愛，在找到之前不會停止嗎？你這樣子永遠找不到的。」

這個聲音X先生還記得，因爲是前天晚上的事。那女孩比較特別，在一夜之歡的對象中算是比較知性的，不只是用身體和他對談而已，所以X先生雖然知道從此不會再連絡，還是告訴她一些私人的事。抑或是說，人總有脆弱的時候，難得遇到能交談的對象，即使是短暫交會的光亮，能交會還是可貴的。

她的聲音再度響起，「你只是爲自己縱慾找個藉口，你早已失去愛人的能力。」

「沒錯，你的心已經變硬發苦，就像那放得過久的載波果。」另一個聲音在他耳邊縈繞，一個多少也留下刻痕的聲音。曾有一段期間，他看著身邊的人成雙成對，而他雖總是豔遇不斷，一個晚上的激情留不下多少溫暖，心裡多少有些無奈；有了固定關係的哥兒們不再願意跟他廝混，甚至不再欣羨他左右逢源每次都有不同的女人。因爲寂寞，他從身邊圍繞的女人堆裡選出這個女子，一起出入了幾個禮拜，幾乎就要給她女朋友的名分，死黨們也正準備記下她的名字。但是他突然怕了，誘惑四處都在，他眞能死守著這麼個溫順而平凡的女人？只是幾個禮拜的時間，長久磨練出來的獵殺技巧擱置不用，讓他著實心癢；而且他已經習慣過了夜就重新開始，不須付出維繫一個關係所需的努力與心血，現在要他開始好好經營，眞是有些力不從心。

「沒錯，你就是膽小鬼，」女子的聲音再起，「你沒有那個能力和意願可以維持一個穩定而美好的關係，所以你寧可找一個晚上超低維修的，只要滿足性慾其他不談，那你就別想享受感情能給你的充實滿足，不付出怎麼能收成？」

「說穿了你這個人就是自私不過，」一個嘆息聲響起，X先生如何能忘懷？這個女人是他生命中最初的愛戀，有五年花樣的歲月是跟她一同度過，只要想到她，從頭到腳還是會有電波通過；每個哥兒們都知道，她就是他失落的永遠眞愛，是他唐璜般永無止盡追求的原因。「不，你只是拿我做藉口，你除了自己從沒愛過別人。」她的聲音輕如他最愛的清晨薄霧，卻又一字一字無比清晰敲在他心上。「我早就不恨你了，親愛的，生命苦短，花那麼多時間恨一個人是很傷神的。只想告訴你，回頭要趁早，趁你的心還沒有變苦變澀。你不是那種可以一輩子滿足於一夜情的人，所以不要太習慣這種模式。你總是在爲自己找藉口，爲何不剝除這些藉口好好看看自己的眞心？你就是喜歡被女人們圍繞，不要說你在找尋眞愛了，你看你不是找到又失落了嗎？除非你眞能面對自己，對人敞開內心，不然你永遠得不到什麼。」她停頓了一下，那雙美麗的眼睛又在X先生面前，情意無限地，「你跟我在一起的時候還是有付出的，這個我曉得，但是，親愛的，要知道對你來說已經是很大的讓步，以別人看來可能算不了什麼。你總是對自己太好了，眞正關懷體諒對你來說還是陌生的。」

「說這麼多幹什麼？」第四個聲音插了進來，是X先生唯一的女性密友，也是一度的一夜情人。這女孩是聰明的，她看清了X先生沒有辦法對任何人做出實質承諾，把他當談心對象，男性心理學的諮商顧問，兩人之間再不談些傷感尷尬的話題。「你們從這個人在床上的表現就知道他自不自私。別白費唇舌了，不是愛他就恨他，他是江山易改，本性難移。做朋友還容易點，有時候還能拿別的男人的事來刺激他，做情人就是自討苦吃，看這男人的褲襠是剝了多少女人的皮蓋起來的。」

發現頻道早已不知跳到哪個不知名的國度，主題也從植物換成海洋生物，但女子們的聲音仍在他腦際纏繞不休，互相爭辯，讓他頭痛欲裂。

這不是眞的，他告訴自己，不是說了嗎，這載波是播種育苗之神，不只是要犧牲獻祭的土匪，他和女人們的相遇，不會是完全的掠奪關係，他不也帶給她們美好的夜晚，讓那片刻的生命豐潤盈滿嗎？另一個他識不得的無情聲音又響了，那只是你自己的想像，你以爲所有的女人都是你任意甩掉的嗎？你不知道女人在床上最會裝了，有多少人是極度不滿根本不想再找你的，別以爲每個人都痴痴等著你的電話。

X先生關了電視，摀著耳朵徒勞地想甩去這些聲音的糾纏。他撫著胸口告訴自己，我只是選擇不愛而已，我眞的找到所愛，關懷愛人難道會是個問題嗎？別危言聳聽了。

他驚異地發現，在他胸口跳動的眞的不是一顆柔軟的心。愛情與隨之呼喚而起的心跳，是何等嬌貴的溫室植物，需要好好呵護養育。爲了應付多年感情的荒漠，他的心發揮旱生植物的本能，在表皮結了一層厚厚的硬殼，就像那載波果；而他是否錯過採收期，在長期的放任忽視中，讓它僵硬變苦了呢？

他閉上眼睛，深吸口氣，努力憶起曾經有過的愛情悸動。無數女子鬼魅般的身軀從他眼前飄過，沒有一個能喚醒那固執沉默的心。他鼓起所有力氣，用心地想著交往五年的女朋友，他生命唯一的摯愛，終於，在心扉的硬殼下起了點小騷動，迅速盤昇爲尖銳的痛楚，然後消失無形；他又試了一次，這次連一點感覺都沒有了。

在X先生四十歲生日的前夕，他正式進入中年危機症候群中。一個荒誕不經的旱生植物，一些幽靈般的聲音提醒了他，愛情的細膩纏綿將永遠與他絕緣。

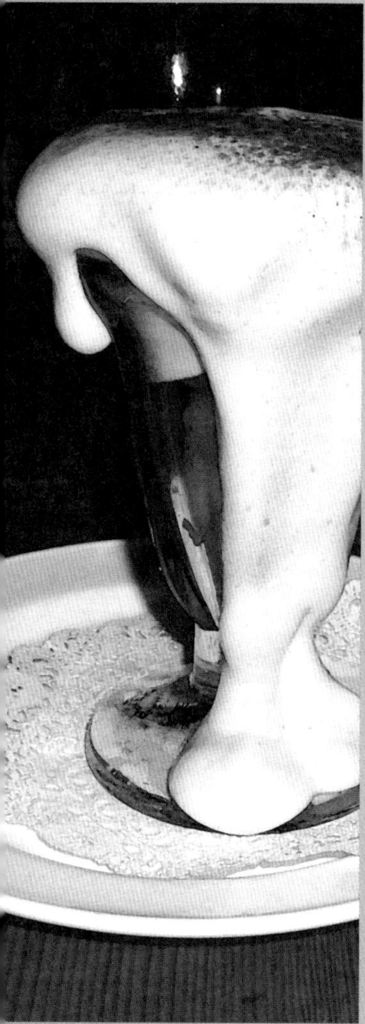

Yukon Potato 育空馬鈴薯

電視上那胖女人權威十足地說著，做法式炸薯條時我建議各位用育空馬鈴薯，這是我個人的偏好，你們會發現它的口感和一般白馬鈴薯不同，較爲細緻奶味也較豐富，非常適合我們今天示範作烤魚配菜的這個精緻薯條。

Y小姐馬上把育空馬鈴薯登錄在她的筆記簿上，還加了個註：適合精緻薯條。沒想到薯條也這麼大有學問在，在那全身上下囤積了美食重量的烹飪權威口中，她所熟悉的麥當勞薯條竟如糞土，既不健康質感又粗，是注重美味營養的賢慧家庭主婦應該避之不及的。「眞正的薯條，」她說，「就是我說的，我們用育空馬鈴薯，把它削得細細的，看到了嗎，這樣的薯條我們叫做火柴棒薯條，我相信各位在比較好的餐廳裡都看得到，高級地方當然不會用麥當勞指頭樣粗的薯條。」講到這兒Y小姐突發奇想，很想問她，可是妳的指頭和我們的粗細又不一樣……「看，現在油熱了，可以把削好的薯條放進去炸，最後，記得撈起來上桌前放在鋪了餐紙的盤子上吸油，那麼我們就有這金黃美麗又爽口的薯條。」Y小姐忙著抄筆記之餘，還有時間想著可惜她沒有介紹怎麼做好吃的馬鈴薯泥，那是男朋友的最愛。是不是也用育空馬鈴薯？要如何才能把那馬鈴薯泥打得鬆軟嫩滑？調味上有沒有什麼特別祕方？

Y小姐看看手錶，把電視關起來。該出去買菜了，否則會來不及做飯，心愛的男友回來聞不到食物香心情就低落；他也眞像小孩一樣，心情不好就跟她亂鬧脾氣，高興了像小狗撲到她懷裡跟她撒嬌，就是這樣教人又愛又恨，一點辦法也沒有。

她沒有想到自己會這麼早就開始全職的家庭主婦生活。認識她法國男朋友，正是前任男友拋下她讓她黯然銷魂之時。他自己有了新歡，還找一大堆藉口，說什麼他們不合適，他一天到晚出國聚少離多等等，等等，假惺惺地令人作嘔；她很高興這個法國男人出現得正是時候，所以他要求她一起回法國，她不加考慮就答應了。甚至還找了女朋友們在前男友及他新女友面前放風聲，說是她主動甩了他，因爲有個條件比他好上萬倍的人對她這麼好，要帶她去法國過著風花雪月的日子。

來到法國，一句法文都不會講的她就在語言學校牙牙學語，還得照顧男友的三餐起居；男友每天往返圖書館與他們的愛巢之間，孜孜不倦苦讀，準備下年度國家高等教員的考試，也全虧了她，才能讓他心無旁鶩全心念書。爲了增加競爭力，他走的是多語言教育路線，在台灣做交換學生時學了點中文打算作爲憑藉，現在除了自修，就靠她幫他惡補練習，她的賢內助角色倒發揮得十分充足。而且，不只拿著教科書的時候，考試壓力所致，他現在連在床上都會口出中文，有時甚至緊張兮兮地要她糾正發音用語，害得她神經也繃得緊緊的，一邊刻意魚水承歡，一邊還留神著他會不會在下一刻提出個問題。就連他得意地吼著，「啊，我來了！」（Je viens或I,m coming的直譯）也不敢偷笑，更不能抱怨他用中文表達的早洩。

日子忙得不可開交，她連跟學校朋友交際的時間都沒有。有一回下了課大家說一起去喝咖啡，她看看時間，想著男友說了今晚會晚一點，便爽快地答應，還引起某些同學的詫異。聊天的時候大家提及了彼此的感情生活，她馬上抬頭挺胸說她有美滿甜蜜的戀情，一個沒有她簡直活不下去的男朋友，一時引起大家的好奇和注意；終於明白這個女孩爲什麼一下課就隨即失蹤，從不跟別人出去玩，原來她除了男朋友沒有其他社交生活。班上個子最小聲音最尖的女孩馬上問了，「可是爲什麼說他沒有妳就活不下去？」

Y小姐想這問題眞蠢，出自法文班成績掛車尾的學生果然不足爲奇，但還是耐著性子回答，「妳不知道他遇見我之前多瘦，簡直像非洲難民，我看他吃我做的馬鈴薯泥那個幸福的樣子，都不知道我不在的話他要怎麼辦喔！」

「可是，」另一個人插嘴了，「他沒遇到妳之前怎麼活的？他還不是活過來了？」

Y小姐之前已經看了好幾次錶，忐忑不安地想男友會不會提早回來，今天晚餐要弄什麼，最後是心不在焉也沒有時間回答同學們無聊的問題，匆匆地告別，到市場買菜急著回去作飯了。

今天男友的心情看來更爲低落，逗他也沒什麼反應，滿桌都是他愛吃的，還是提不起勁。終於在她再三盤問之下，他說了，「我覺得我們這樣練中文一點效果都沒有，我需要到一個完全中文的環境，讓自己整個埋頭在講中文的文化，才會很快進步。」

她心裡想著，他是想再回台灣嗎？她看見自己和他衣錦榮歸，成爲衆人欣羨的目標，也不是不心動；畢竟在這異鄉語言不通，人生地不熟，哪比得上圍繞在親朋好友身邊愉快？而且，回去她還可以找個工作有所發展，不像在這兒只能呆呆地學法文……但他馬上打碎了她的迷夢，「我想去上海。」

「啊？爲什麼？」

她試著說服他回台灣不是個壞主意，他們地方熟，他也可以從早到晚講中文；他反駁說台灣人口音差，台灣太小了不夠國際化等等，等等。他的孩子脾氣又發作了，對著她吼著不管怎樣他就是要去上海。

那晚她徹夜未眠。以他的脾氣一牛起來誰也說不動，現在的問題是，要跟他一起去上海嗎？她對那十里洋場一點興趣也沒有，不像這些老外多少抱著點淘金或異國風情的浪漫，怎麼樣也想去看看；留在法國，雖然這公寓是他老爸的，她要住多久都不是問題，但遲早坐吃山空，還等不到他來養她，工作多年的積蓄可能就葬在巴黎這銷金窟了。

一個人回台灣未免太沒面子，叫她怎麼見當初送她成功外銷的那些人？更何況她只有個同居的名分，連法國護照都還沒混到。她想著他一個人在上海，有誰照顧他生活起居，又想到那些傳說中一個比一個漂亮，一個比一個心狠手辣的上海姑娘，心裡已經涼了半截，雖然，她知道她們做不出來他愛吃的馬鈴薯泥，還有這用育空馬鈴薯特製的薯條……

Y小姐只能再收拾行囊準備跟他去上海。反正她的生命就圍繞著他旋轉，沒有了他只剩一片無盡的空虛，眞眞正正的菟絲願擇女蘿而攀。而且，未來的法國公婆不是說了嗎？我們家兒子就麻煩妳照顧了，妳知道他只愛吃妳做的菜。

Y小姐照著鏡子，看見自己頭上浮現聖女的光環，一種莫名的感動油然生起。眞正的愛情就該如此，能拋下自己曾經擁有的一切，這麼無私地爲對方犧牲奉獻，無怨無悔。人生在世，愛過這麼一遭也不枉然了吧！

她忘了法人仰望的聖女貞德，就是一心相信她的上帝，才慘死在火刑柱上。

Zucchini 胡瓜（青南瓜）

新神父到他們教區來那年Z小姐才六歲。由於母親是虔誠的教徒，她從小就跟著上教堂做禮拜，但這年輕的神父遠比前任那整天板著臉的老頭好玩多了。他會牽著她的小手繞著教堂走，告訴她所有聖像的故事；他會彎下身來，耐著心聽她所有雞毛蒜皮的雜事；當她纏著要告解時，儘管母親向神父一再致歉說這孩子只是鬧著玩的，他還是會把她抱上她搆不著的告解室凳子，關上門聽她說又搶了弟弟的玩具，偷擦媽媽的口紅，和鄰居小孩打架等等，然後一本正經地寬恕她所有的罪。

神父一再跟母親重申她多討人喜歡，能帶領這樣純眞孺慕的羔羊多令人愉悅，於是母親終能放心把她放在教堂裡，拜這免費保姆之賜，去辦點事或串串門子再來接她，神父宣稱一點都不打擾他的虔修，跟她上點教理課也是侍奉主的重要工作。

神父年輕的熱誠與雄辯的口才在教徒之間大受好評，他對天主大大小小的羔羊總是那麼關懷照顧，很快就在當地建立起相當的口碑與信任。

這一天，Z小姐合起稚嫩可愛的雙掌跪在空無一人的祈禱台上，神父教她念〈天主經〉，念完一段神父鼓掌，說她作得好極了。神父就蹲在她背後，大手罩著她小手輕輕拍著，要她閉上眼睛好好沉思默念天父恩典；她照著做了，腦中一片空白，只感覺到神父的大手罩在她還未發育的胸膛，輕輕撫摩著，後來手勁加重，她喊著疼推開，神父把她抱起，哄著跟她說抱歉，「我只是試探妳是否眞心向主，胸腔裡充滿對主的愛，對不起一時太用力，弄痛了妳。」神父把她放下，保證下次不會了，還告訴她，跟天父之間的冥思通感是很私人的事，不需要跟媽媽講。

母親來接她，問她今天學了什麼，她照著神父教的，說今天跟主更接近一步，母親對她露出嘉許的笑容，拍拍她的頭。

再下次，神父教她唱〈聖母頌〉，拉著她到房間說有禮物要給她，那是一本圖文並茂的《聖經故事》兒童版。神父講了創世紀的故事給她聽，翻到亞當與夏娃的圖片，告訴她，「妳看，他們拿葉子遮住身體，就是他們偷吃了智慧之果，懂得羞恥了。」神父解開她上衣的釦子，脫下她縐紗的蓬蓬裙，說上帝把人趕出伊甸園，是因爲他們違背祂旨意；羔羊們應該以最赤裸純潔的姿態祈

禱謝恩，就像她現在這樣。說著，神父也脫下自己的教袍，跪在她身邊祈禱。

神父身上長著奇形怪狀的東西，在他帶著她低頭祈禱的時候也垂著頭；禱告完他把她抱到腿上，親吻她細嫩的肌膚，她看到那東西像蚯蚓從洞裡鑽出來了，竟然變長變硬，頂著她屁股怪不舒服的。她問神父那是什麼，神父說是天主的恩典，表示他們誠心的祈禱傳到天上，主聆聽到了喜悅無限。

神父幫她把衣服穿回去，細心地整理每個縐褶，還她一個漂漂亮亮的小公主。母親聽說他們今天上了創世的奧祕，看到她的新書，跟神父再三道謝，帶著她滿面春風地回去。

創世紀講完了，聖經故事裡再沒有裸體的插圖，但是神父一再強調正確祈禱姿勢的重要性，還帶著她不斷複習。他會把那根胡瓜樣長長硬硬的東西在她身上四處摩擦，說天主隆恩遍及她全身；他最喜歡用它擦著她下體臀部，直到它變得有點溼潤，說天主賜福她將來成爲慈祥的母親，這是祂降下化育萬物的甘露。她想到家裡叫她媽媽的玩具娃娃，青澀的陰部偶而傳來痲痲的感覺，神父告訴她，瑪麗亞聖靈受孕時也是如此。

有一次母親買過菜來接她，回到家，把東西從購物袋裡攤出來，忙著收拾整理。她抓了一條青色的胡瓜夾在跨下來回搓著，口裡喃喃哼著今天學的聖歌。母親初時微笑聽著，一撇頭看到她，臉上的笑容消失無形，像那胡瓜發長發綠。

母親帶著她跟胡瓜去找教區的主教，講到激動處一把將胡瓜摜到地上，用腳踩個稀爛。她聽不太懂大人們討論的是什麼，只看主教不住勸慰著，還開了張支票給母親。

沒有多久，她喜歡的那個神父就被調走，大家都很惋惜。母親從此不再買胡瓜，有一段時間還整天緊迫盯人，看她有沒有再把異物塞在兩腿之間。

這天Z小姐和老公孩子們上桌吃飯打開電視，看到新聞報導天主教士性侵教區幼童案件，螢光幕上出現的赫然就是已經不再年輕的當年那神父。Z小姐看著他不紊不亂對記者說他沒有跟教徒有任何性行爲，性行爲是在對方體內射精才算，所以，他也沒有違背教士守貞的誓約。

小鬼們問她什麼叫性行爲，什麼是性侵害？她把炒的那盤胡瓜夾了幾塊給他們，叫他們閉嘴。

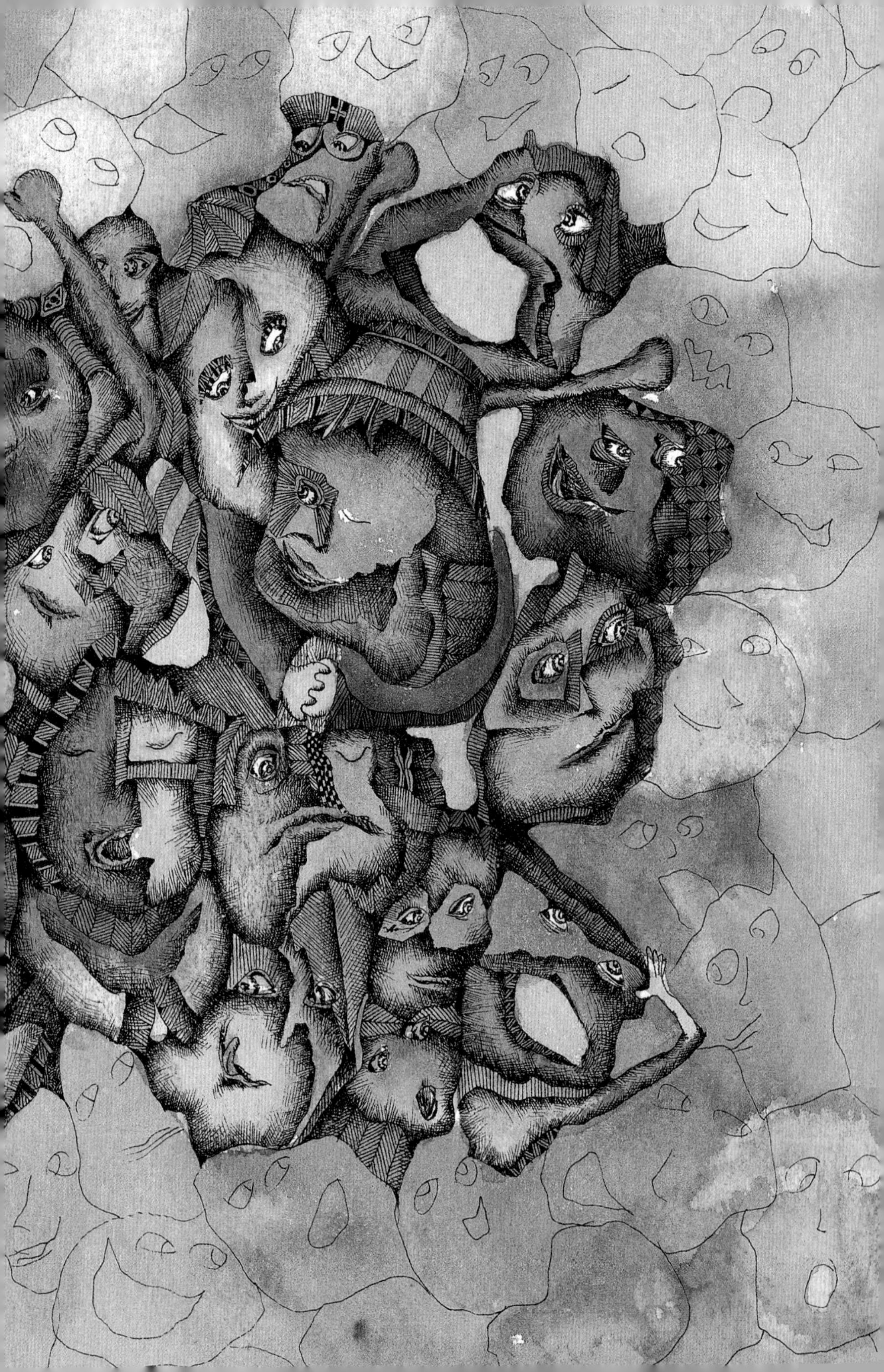

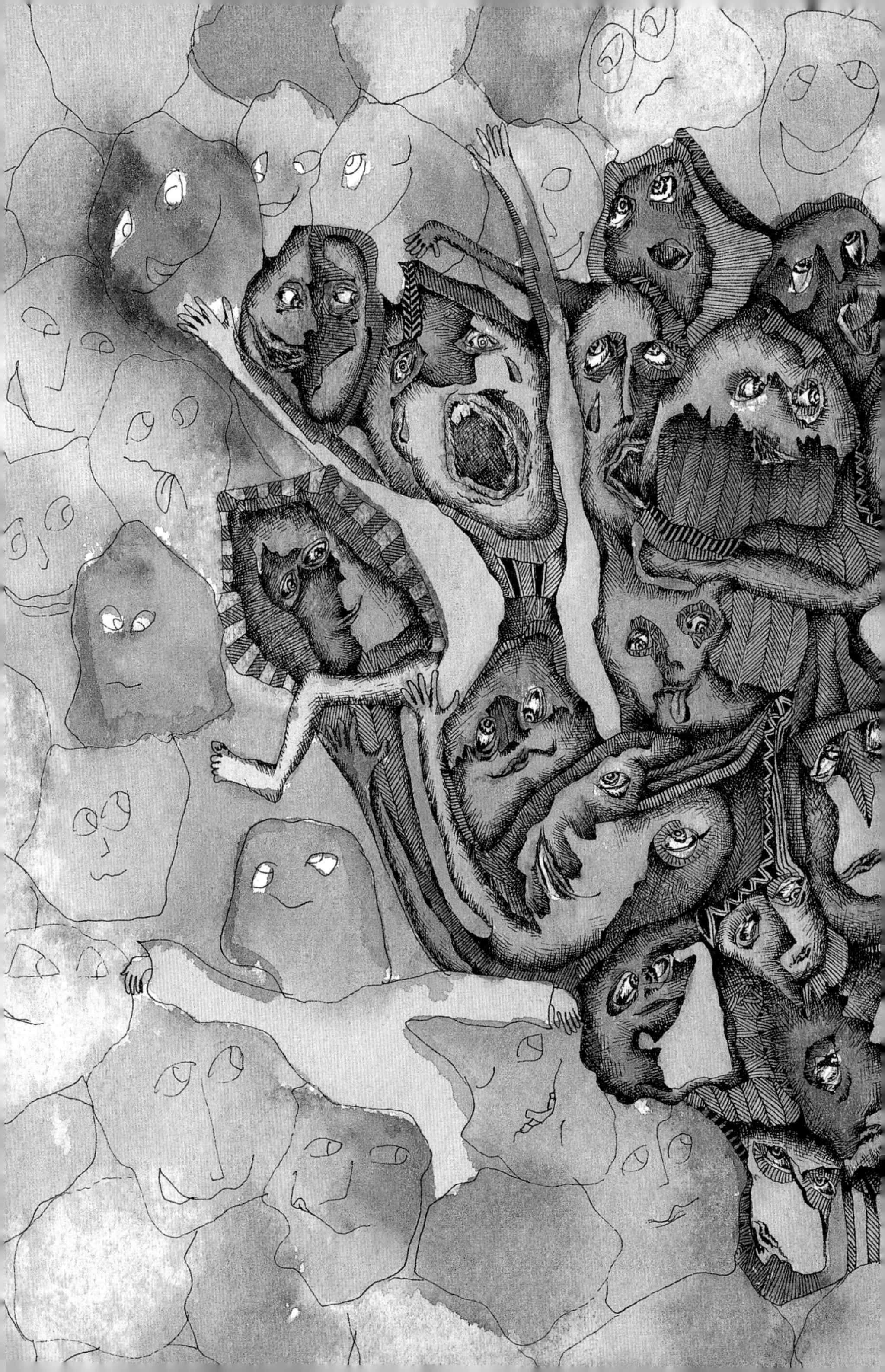

A—Z之後

在D之前與之後，都是J陪我走過那段青黃不接的歲月。

J對香檳開胃菜沒有特別的興趣，要的是正餐與紅酒，只有在用紅酒會破壞主菜和諧的場合，他才會降尊飲用白酒。他不像D能注意到那麼多小細節討人歡心，總是最直接毫無修飾的表達方式；就像我們做愛，多半似餓虎豺狼撲向對方，即使多次以後，對彼此肉體的新鮮感逐漸降低，激情始終如狂風驟雨，絲毫不減。

在不同男人的床上，所引發不同的創造力和靈感，能讓你成爲完全不同的女人。J所看到的我和D認識的不是同一個人。從J眼裡映照出的自己的眼，沒有看著D的細膩溫存；它們發著野性動物的光，在原始的殘忍慾望中帶著貓科動物的優雅；慵懶都留給了D，在J身上可以迅捷如美洲豹，於被單間翻騰如穿梭叢林。即使前戲也像動作片般環環相扣，令人看得喘不過氣來。

每一個事後，必定是徹底筋疲力盡，這時換他變成隻貓，把身體彎成任何弧度就著我，務必要和我的肌膚做最緊密的接觸。在之前所有過程中省略的溫柔，就在這時候一股腦全掏了出來，雖然我們只是緊緊相擁，不發一言。

這個狀態，也許比較接近伊莎貝拉．阿言德所描繪的「事後圖」意境：激情之後，兩人永遠被凍結在彼此身邊，是一種親密的共犯關係。

我們的確是共犯，從來也沒有任何諸如夫妻、男女朋友、情人的合法名分套在彼此之間。但是，和D分手似乎讓他很高興；自始至終他都沒有說什麼，只在D前腳一走，又不請自來地踏進我閨房。

他不是那種喜歡床頭故事的人。在枕邊念個故事給他聽，他會抱怨床頭燈太明亮刺眼，抗議我為了念書離開他的懷抱。他還是喜歡在昏暗的燈光或燭光中看著我身體朦朧的輪廓，在寂靜的夜色裡擁著我入眠，享受這溫馨之中話語填不滿的一點空虛。

他告訴我，我不是他認識的第一個小說家，好像這些寫小說的女人對他都有種莫名的興趣，或他對她們有種致命的吸引力。他給我看資料庫裡列在「私人」名目下的一些檔案，每個夾子都有一個女子的名字，若干故事小說的稿本，而有一個空白的檔案夾已經寫上我的名字。從那之後，我爲他寫的故事都簽上名給他一份，讓他放入爲我保留的那個空間；他說這些東西將來很値錢的，因爲他知道某一天我會變得很有名。

我最近一次見到他，是我們之間最空前絕後的一次。之後，他問我有沒有什麼新的故事，我搖搖頭。他看見我床腳的《卡瑪經》（*Kama Sutra*），笑著說，「原來妳最近在看這個。怪不得技術進步了。」

我瞪了他一眼，「讓我學到新東西的不是這個。」

他給我最後的擁抱，準備離去，「既然如此，妳應該寫下妳的《卡瑪經》，妳自己新的愛之經典。」

我想，現在應該可以告訴他，我終於有了自己的《卡瑪經》。

OLIVIER
2007

主菜與甜點之間

聽完午後的輕歌劇出來，與朋友在街頭咖啡館便餐，只見侍者端來了超大碗公盛著的沙拉——巴掌大的番茄黃瓜切片、粗壯的芹菜紅蘿蔔條、整朵的葉片隨手撕了毫不吝惜地塞滿驚人容量的巨碗，培根屑有如甲蟲油亮的外殼，油煎碎麵包丁大得像賭場特製的骰子。整盤沙拉宛若幸運之手使勁一拉，吃角子老虎就那麼叮叮噹噹吐出各色堆得滿坑滿谷的籌碼。

**

滿天飛舞的蔬菜水果。我試著把這個意／異象加工，以文字烹調從A數到Z的可口籌碼……呃……對不起，是佳餚，〈蔬果齋誌異〉因之而生。（沒有讀者癡心地以為作者吃素吧？）寫到後來，閉門造車或單一貨源已經不敷需求，我無可避免地到不同的超級市場、農產品市集、有機食品店、美食小舖尋求靈感；從A寫到Z的執念裡，浮光掠影的滿天蔬果定了下來，在我凝視的眼裡仔細呈現出它們細緻的紋理、各異的姿態，而我自己實際的烹飪方式也在改變中，從調味取向走到素材取向。拿起一把蘆筍仔細端詳研究它的線條，或是盯著草莓表面一粒粒緻麗得妖異的種子，嗅著那渾然天成的甜香，自然會捨不得把它們打爛絞碎，或是用過濃的醬汁淹沒。新鮮合時就是最好的食譜，所需要的，只是如何充分展現這份真實。

從食材出發，圍繞著各色蔬果打轉的，便是眾生芸像、世間百態；我的蘆筍、葡萄、奇異果、松露、茄子、洋蔥看似沉默，卻以無比豐富的表達力在我耳邊低訴世間男女的瞋怨悲喜、慧狎愚癡、因緣魔障，一幅幅素筆勾勒的畫像因之而生。二十六幅小素描，不多不少，是個神奇的數字，從A到Z的敘列，在英文裡是所有字辭源起的小宇宙。遺珠之憾卻是難免，從蔬果序列裡逸出的那些六根不淨葷腥美食——魚子醬、鵝肝醬、龍蝦、豬雞牛羊——為我提供了令人垂涎的敘事框架，寫出之前反覆思索的一則花都韻事〈B.B.巴黎迷航記〉，畢竟談魚子香檳鵝肝貴腐甜白酒而不以法國為背景，實在說不過去。有素有葷，百味參雜的人生，獻給所有愛吃的讀者。謹誌美食人生，百嘗不饜的美味愛情。

***

這本書的彩圖虛實交錯，一部分是我自己採買食材、烹調、品嚐留下的痕跡，一部分是插畫家綺麗想像勾勒出的幻境。

與歸化為台灣女婿的法國插畫家歐笠嵬（Olivier Ferrieux）合作，似乎再自然不過。希望配合這些故事的插圖有著細膩敏感的筆觸，他當是不二人選；那些看似平實的食材演繹出人心世態的新聊齋故事，讓滿肚子小妖怪（petits monstres）的歐笠嵬餵上一幅幅甜美促狹而鬼影幢幢的插畫，更加生色。

而你，親愛的讀者，看到這裡大約是這本書的三分之二，有著這個不像傳統的序或跋的雜記鯁在中間（又不是確實對稱的中段），心裡不免有些納悶。

很多事情其實都是個過程，沒有明確的始末或是界線區分，彼此間或有些藕斷絲連的牽繫，某種延續性。

因此我把又像序又像跋的這東西擺在這兒，不是那麼中間的中間；當初是我自己還是歐笠嵬的主意，已經記不得了，或許又是兩個富有創意的心靈，在彼此切磋的過程中，幻化而出的「鬼」點子。

如果這是場美食盛宴，胃口開了、主菜上過了，再來就是甜點與咖啡，為這餐劃下美好的句點。那麼這則短文，就當作酒足飯飽，肚子裡還有點餘裕，愉悅地輕嘆著，等待甜點的憧憬吧。Bonne continuation!（請繼續享用！）

B.B.巴黎迷航記

菜單
卵一
其一雞蛋
其二鮭魚卵
其三鱘魚卵
內臟
其一鵝肝醬
其二內臟香腸
其三牛肚

肉一
其一 牛肉
其二 羊肉
其三 青蛙
其四 鴨肉
魚貝海鮮
其一 生蠔
其二 鹹魚
其三 蛤蚌
其四 龍蝦
FOIE GRAS

卵

其一　雞蛋

平底鍋奶油滋滋作響之際把蛋滑入其中，成了她每日的例行公事。蛋黃隨旭日東升，放出萬丈光芒，最後神清氣閒定在浮雲裡的詩意，早在重複了千萬次的過程中消耗殆盡。所剩的只有她無神的眼失意地四處漂蕩，若前個晚上丈夫的表現令她無精打采，那鍋中將凝固還未凝固的黏稠物更讓她若有所思，心浮氣躁。

「Bébé，小心，蛋要燒焦了！」

丈夫的警告把她喚回現實，號稱絕不沾鍋的法國鍋底果然糊了一小塊。她隨手叉起已不白嫩的荷包蛋，丟到他面前：「想吃好吃的荷包蛋，買個新鍋子吧！」

「這鍋子有什麼不好？」看她噘起一張嘴，他連忙笑道，「買新的，買新的，今天我下了班就去買，好不好？」

她不置可否，他又問了，「今天做什麼？去逛街看看拍賣有什麼好東西嗎？」

「哪那麼閒？得上超市買菜，家裡的雞蛋和牛奶都沒有了，下午約了做指甲，和賽西兒一起喝咖啡。」

他聰明地不再問那麼忙怎麼有時間做指甲喝咖啡。

等他車聲遠去，Bébé馬上拿出她嬌豔的香奈兒蔻丹，十指十趾都擦得無懈可擊，剔透得幾可反映出她唇彩的流光。

其二　鮭魚卵

菲力普拿著新鍋回到家裡就接到電話，是Bébé，她今天和賽西兒的咖啡延續下去，不回來吃飯，晚餐請自理：「買鍋子了？正好，你先試用看看吧！」

Bébé掛了手機，掩不住的得意之色。賽西兒問了，「怎麼樣？談得如何？」

「沒問題，他不會懷疑的。」

「誰問妳這個，我是說下午的事。」

「我覺得我戀愛了。」Bébé看著對方的眼睛閃閃發光。

「上過了？」她搖頭。

「妳少來了吧！床都沒有上，算什麼呢？」不愧是法國女人，講話一針見血。

「哎呀妳不知道，幫我們菲力普煎了十萬個雞蛋，覺得自己黃臉婆的臉蛋都比蛋黃還黃了，好久沒有這種心跳的感覺，好像十幾歲的時候第一次戀愛。」Bébé灌了杯啤酒繼續說，「這先生也眞是麻煩，早上爲什麼不像其他法國男人，一杯咖啡一個牛角麵包就可以解決，還要煎蛋，這蛋煎得不夠荷包還給你張臭臉看……」

賽西兒顯然沒有把她的絮絮叨叨聽進去，她若有所思地，「人若煎了十萬個荷包蛋，遲早會失去第一次心跳的感覺……倒也是沒錯。」她打斷Bébé的抱怨，「別說菲力普了吧，這些我不想聽，我要知道的是今天這個人的事。」

「不告訴妳。」Bébé故意賣個關子。

「不告訴我，那我告訴菲力普妳今天沒有去沙龍修指甲。」

「說就說，那我告訴你們艾瑞克妳上禮拜沒有跟我去做臉，怎麼樣？」Bébé促狹地笑了，「我們倒是看看誰的把柄多，給人打小報告！」

「把柄多的女人才是生活充實的女人，」賽西兒反唇相譏，「妳啊，拿出證據給我看看妳沒有白活了。」

「我告訴妳，有人拉著我的手不放對我說愛我，看著我的眼睛還水汪汪的，說要不是我結婚了，眞想一天二十四小時只跟我膩在一起，從早到晚不停地做愛！」Bébé神氣地跟對方展示今天的戰利品。

「說誰都會說，你們簡直太差勁了，出去兩個小時，生雞蛋都可以煎成蛋餅了，居然什麼事也沒有發生。」

「我們是小心行事，爲以後鋪路；而且第一次總要特別點嘛！我跟妳打賭，他現在一定絞盡腦汁，拚命想著下次怎麼給我個浪漫得不得了的意外驚喜！」

賽西兒沒說話，揚揚眉毛伸手把煙捺熄，慵懶地吐出最後一口煙圈。

這樣俐落的姿態是Bébé永遠學不來的。

七點半。她們所在的日本料理店再怎麼人燈熱絡，巴黎的窄巷寒夜瞬時把那光熱吞沒，放眼窗外，還是一片無盡延伸的冷清。

賽西兒點的鮭魚卵壽司上了，Bébé老實不客氣地伸手來拿：「分給我一個。」

任何事情都有第一次。Bébé向來不習慣鮭魚卵的腥羶，今天卻心血來潮想試試。照慣例，魚卵壽司總會加上幾片小黃瓜切片增加其豔色口感。今天師傅的小黃瓜還巧奪天工切成羽狀，細若絨毛，配上鮭魚子誇大猙獰的紅眼，帶了幾分詭異，又有幾分孔雀羽豔麗中的陰森。

Bébé不多思索就一口咬下。想多了，勇氣往往縮得不見形影。

還是腥了點兒。小黃瓜的清爽脆麗終究難掩魚卵的氣息，也並不打算如此。剛入口相得益彰的均衡，在魚卵被咬碎時充分地破壞；流瀉出的腥氣隨著卵汁溢滿口齒，在襲入鼻尖之際轉爲蘭麝的芬芳。怪不得入鮑魚之肆久而不覺其臭。

賽西兒把剩下那個沾了點醬油，優雅地送入口中；在橘紅的鮭魚卵映稱下，她的眼竟亮著妖異的光。兩個女人相視一笑，賽西兒問了，「味道如何？」

「還可以。」Bébé故做姿態，「腥了點，但不難吃。」

「你知道爲什麼不難吃？因爲它這是新鮮的腥味。腐敗的腥味就不行了，男人也是一樣。」

那天晚上菲力普均勻的鼾聲在耳邊響起時，Bébé想到賽西兒的話。這是個沒有腥味的男人，Bébé嘆了口氣，隨即安心入睡。

內臟

其一　鵝肝醬

有時從台灣打來的電話會喚回一個叫張可卿的女孩，在記憶中朦朦朧朧，彷若她那初生即夭折的孿生妹妹。

曾有一段時間，她頗以香奈兒自許，期盼如Coco Chanel一般，踩過無數男人建立個人的時尚王國。

還記得那天買回一本香奈兒女士的傳記，光是圖片就看得她動心不已，馬上告訴沙維業她要改名叫Chanel，再也不當Cathérine了。她不要俄國女皇的名字，擺脫了凱瑟琳，有如卸下重重縐紗錦緞宮廷華服的累贅，她要當Chanel，像香奈兒一樣爲女人穿上自由無拘束的衣裳，做個豪放自在的現代女性。

沙維業不發一言。Cathérine，他絞盡腦汁爲她想的，最接近可卿的洋名，她說不要就不要。

「還是Chanel好，俏皮可愛，Cathérine太沉重，太嚴肅，那麼長的音節念完人都睡著了。」

菲力普不知道沙維業的存在。他認識她時她就已經是Bébé，而沙維業也隨著連繫她可卿與Cathérine時代的那條線一起斬斷。

菲力普大概沒法想像他的嬌妻當年剪個清湯掛麵頭，在一盞枯燈下苦讀的模樣。那時她出門一點脂粉都不施，裙子古板地蓋到膝下數尺，將來準是招個忠厚老實人嫁了，幫他養幾個小孩，拉拔著長大，一輩子也過去了。

如果沒有沙維業的話。

這個法文家教還是保守封閉的父母請來的。她原先一點都不願意，說不想學法文。但父親昔日同窗好友王大明的女兒據說在法語班表現優異，她怎麼可能不加緊趕上？兩家女兒今日有幸又同班共讀，平常成績單排名榜發下來兩位爸爸就已大為較勁，她父親如何嚥得下這口氣？還好那裝模作樣的王娟娟不過是去補習班上課，有個私人家教的她馬上又把對方比下去了。

於是沙維業跨著輕快的腳步，吹著口哨邁進她家的身影，成了常見的景觀。尊師重道的嚴父慈母都不習慣他那稱兄道弟的bonjour，但看在這小子是女兒光耀家門，洗淨王家女兒拔得頭籌的奇恥大辱不二法門，也就睜隻眼閉隻眼。

她不喜歡沙維業。原本就是被趕鴨子上架，一肚子不開心地跟著他念法文，更何況這法國男人老是坐得離她太近，大腿沒有貼上來也有事沒事碰個一下，讓她沒法專心；上課時又老愛盯著她側臉看，一不注意手就過來了，讓她老不自在。

她跟父母說不要學法文，這些小細節卻絕口不提。父親罵她沒有恆心毅力，母親要她再接再厲，而法文課則從沒有中斷過。

沙維業的撫觸親吻越來越放肆，而她矇矇懂懂地，明白了自己的身體不是無情之物，在矜持與恣意、羞赧與歡愉之間沉浮。沙維業帶來一些香頌的錄音帶，宣稱是教材的一部分，於是家裡很快習慣了從她房裡傳來低微的靡靡之音，雖是低迷，卻成功地掩過其他更細緻入微的動靜。

「妳不討厭我，是不是？」沙維業在她耳邊低語，手臂擦著她的臂窩，一隻手還不住撫摸她裙子下的大腿，「妳瞧，身體是沒法說謊的，妳喜歡我這樣摸妳是不是？妳猶豫什麼？這麼年輕美好的肉體，本來就應該好好享受的。」他把唇貼近她耳根，伸出舌頭舔她耳垂，在她心蕩神馳之際，把舌尖挺入耳壁，盡情其中。

叩叩叩的敲門聲。張媽媽在沙維業的薰陶下，懂得洋人父母縱是在自己兒女門前，必然先敲門而後入；一方面又本著華人禮遇師長的精神，給調情調得口乾舌燥的老師與愛女送上水果甜品。

她不會知道老師今天又推進一步，將手指放上女兒渾然發育的少女胸脯，把那乳頭挑逗得在春風裡顫抖。她更不知道關上門後，老師竟沾起水果盤上的蜂蜜，抹在女兒的酥胸上，再細細將它舔淨。

她注意到女兒的臉上泛著興奮的紅潮，對法語的興趣也與日提升，於是告訴爸爸沙維業果然是好老師。她當然不知道法國這方面早有淵遠流長的傳統，千年之前也是阿伯拉（Abélard）這樣的好老師把學生哀綠綺思（Héloïse）的肚子搞大的。

天氣愈來愈暖和，套頭毛衣的季節似乎過去，V領衫或胸前排扣的襯衫開始當道。

「Faire l'amour（做愛），多麼美好的字眼。」沙維業吻著她的頸項，運用老師的特權要她一次次重複這個字，仔細挑剔子音母音的純正、節奏韻律的協調，「知道嗎，Catherine，大多數法國女孩在十六歲前就有過性經驗，熟知愛的儀式每個美麗的小細節，而妳卻白白虛度十七年的歲月。沒有人這樣愛撫過妳，沒有人在妳耳邊說妳多可愛，多令人心動，沒有人和妳共度良宵讓妳了解愛的神奇，我可憐的小Catherine！」沙維業的手在她大腿內側遊走，「很舒服不是嗎？親愛的，我保證更好的還在後頭，」他輕撫那單薄的碎花小褲包得鼓鼓的小丘，「想不想知道歡愉而死是什麼滋味？」他把手指深入溪谷裡微潤的瑩潔石壁，「Ne veux-tu pas faire l'amour avec moi（妳不想跟我做愛嗎）？」

如果Bébé已經喪失她所有Cathérine時代與之前的記憶，這個片刻的眞實像藍鬍子那致命鑰匙上的血跡，愈想抹去愈爲鮮明。她當然不是藍鬍子的新娘，而好奇心也沒有爲她烙上無法磨滅的恥辱之印。那是她初次曉得銷魂爲何物，被沙維業按住的地方像個神奇的電鈕，把她身體內無盡的情色能量釋放出來，從顱頂到趾尖瘋狂驅馳；被沙維業掌握的乳房鼓脹著，發著不可思議的光。發音練習的幌子結束，沙維業扳開她微啓的唇，給了她這一輩子第一個最深沉的吻。

叩叩叩。張媽媽又送上紅茶水果。沙維業發揮他長袖善舞的法國外交本領，佔去她大半注意力，讓她沒時間發現女兒的侷促不安，以及她胸前忘了扣上的兩個鈕扣。而我們的女主角，在那時的恍惚之中，仍瞥見沙維業嘖嘖稱讚果品香甜可口，津津有味地吮著食指。

Faire l'amour。每晚躺在床上，在入睡之前她總會喃喃唸著這個字。Faire l'amour...？

MILK

後來時有法國人稱讚Bébé那幾近完美的r發音，驚於不是本國人的她竟也能靈巧地弓起舌背，準確無誤地把那個子音從唇際吐出。

沙維業要她在課堂以外見面。即使以他的厚臉皮與冒險犯難的精神，也知道學生父學生母不可欺，這樣下去遲早穿幫；而且，更刺激的遊戲需要更大的格局更佳的場景。得到她猶疑又游移的首肯，他開始興奮地策劃初夜的整個流程。成果的展現，就在她踏入他公寓之時，餐桌上那盒珍貴的馥香（Fauchon）鵝肝醬和一小瓶梭甸（Sauternes）甜酒。

看來頗爲簡單而正統的組合，其實是經由複雜的法國哲學辯證邏輯思考所得來的精密計算結果。當然，由身爲主人的他爲佳賓奉上開胃小點，不但符合待客之道，更可藉此增進融洽的氣氛，放鬆對方的戒心；作爲法國美食文化的親善大使，鵝肝醬自然最是適切不過，更何況華人對內臟類接受度強，可不是投其所好。就連這梭甸的選擇，也不單單因爲梭甸與鵝肝醬是法國美食家向來奉爲圭臬的黃金拍檔。酒在誘惑的過程中確能讓他如虎添翼，但沙維業考慮到他從不沾酒的清純玉女，決定只有甜酒可讓她低估籠在甜味薄紗後的酒精威力，並說服她淺嚐些許。

（甜甜的，很好喝喔！）

鵝肝醬與梭甸。在等待的時刻沙維業不住含笑冥想，對美食的期盼躍然他的斗室。

鵝肝醬與梭甸。就像性與情愛對她一樣的陌生。坐在沙維業爲她準備的寶座上，在沙維業的勸服啜下第一口梭甸，沁涼的甜意裡盈滿鼻翼的芬芳，像支神奇的催眠曲，唱睡了她對未知的疑慮驚惶，所留下渴望與期待的姿態，由模糊至清晰，讓她不自覺舔舔還帶著餘韻的嘴角。（甜甜的，眞的很好喝。）

沙維業拿出懸著鋼絲的道具，切下的鵝肝一片片光滑細緻宛若他垂涎的少女肌膚。懷春少女好奇地睜大眼睛，看他小心翼翼把它們盛進小磁碟裡，配上烤得金黃的三角土司，驕傲地獻到她手上。

那寶貝不是她嚐過任何豬牛雞肝灰慘的兄弟。它的鵝黃中帶點粉紅的嬌妍，晶瑩得在燈下閃爍。沙維業帶著她賞玩切面的玉石紋理，脂潤如黃玉的鵝油外層，再削下一角塗在土司上，送入她嘴裡。

她幾乎以爲隨著唾液化在嘴裡的是巧克力，不是肥鵝血淋淋的肝臟；再不然，就是帶著濃郁花香的初春融雪。還有什麼珍饈能這樣無瑕地化在她舌尖，按摩似地撫過每個細小的味蕾？

沙維業舔掉殘留在她嘴角的芳醇，解開她的裙鉤。他的吻化在她舌尖，他的愛撫及於她身上每一寸肌膚。

當她在他的亢奮下掙扎，哭著喊痛時，他好言慰解，竭力克制自己，「不痛不痛，慢慢地，溫柔地……」

他騰出隻手，抹了她剩在盤上豔黃得動人的鵝油，輕輕塗在他硬挺的鎖匙打不開的門關上。

肉

其一　牛肉

與沙維業的幽期密會在他海外替代兵役圓滿歸國後，硬生生劃下句點。

聯考在即，張家女兒竟宣告她要拒絕聯考，想去法國念大學，父母大人一則以喜一則以憂。喜在女兒果然有志氣，喜在她的法文課果然成果非凡，憂在嬌嬌女遠去他鄉實在放心不下，亦憂在無法決定一無所知的法國學府是否確爲理想選擇。

當女兒拿出巴黎大學來的入學通知，以及恩師沙維業照顧她生活起居的承諾，他們終於點了頭，在台北的巴黎國家銀行分行給她開了戶頭，把王娟娟的爸爸又嫉妒得半死。

爹娘得意地在親朋好友面前誇耀女兒的學術成就之時，當事人搬進沙維業的小公寓，在巴黎大學語言班正式上課。課餘閒暇，就是不斷與沙維業切磋床上語言，樂此不疲。

她終於從語言班老師及同學的戲謔中，發現香奈兒的名字是Coco而不是Chanel。一方面惱怒沙維業知情不報，一方面又從他給她諸多的暱稱裡選了個新洋名——Bébé（寶貝）。

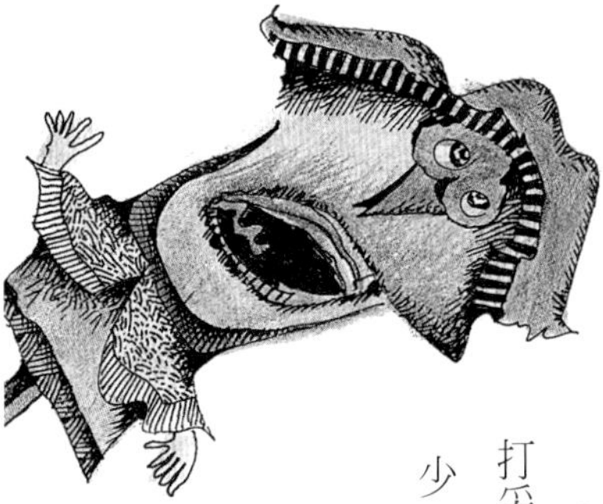

初時無法想像夏季枯水期的香榭大道竟枝葉稀疏，無精打采的乾扁焦葉不比台北被車煙薰得灰黑的榕樹垂影浪漫多少；或是與沙維業在公園角落的花影裡接吻時，竟屢屢被賽

過花香的尿臊味打斷。

就像沒料到她年輕帥氣的沙維業，在熟睡時竟會發出老頭似的火車頭鼾聲一般。就像沒料到巴黎的公寓竟如火柴盒般袖珍，沙維業提供的愛巢也是這樣塞得滿滿的火柴盒屋，比她台北的房間還小。畢竟沒有任何事物是完美的。

興奮過去了是平淡，平淡久了開始無聊。與沙維業的性愛生活逐漸轉爲例行公事，儘管沙維業不斷研究成人錄影帶，翻新花招變換姿勢；就像她的語言課，儘管法文動詞變化再多，例外處處，終究有跡可循，找得到公式可以套。

在她的法文提升到充分表情達意的程度之前，她早已感到厭煩。

語言班人來人往，尤其是暑期班的流動性最高，而她待了幾期，已成爲元老級的人物，註冊部小姐看到她，問都不問就能在學生證上打出她全名。下了課她不再急著回家，百無聊賴地在咖啡座裡打混，有一搭沒一搭地寫作業，寫煩了就全心全意地發呆。

「嘿，Chanel，哦，對不起，Bébé，下禮拜會話的夥伴找了沒？要不要和我一組？」

是她班上那個義大利人。上個月調職到巴黎以來，他就藉著公餘上上法文課，反正是公司付的錢。這位安東尼和她白白淨淨的沙維業是完全不同的典型，濃密的絡腮鬍覆住他窄臉的大半，胸口的黑色捲毛驕傲地竄出領口，與臂上較不捲曲的兄弟們互通鼻息。

她搖搖頭，「我還沒有找人，也不知道要講什麼。好煩喔，乾脆蹺課算了。」

「蹺什麼課？跟我一起嘛，會很好玩的。」

Bébé看著他的眼睛，從沙維業身上學到有關男人的百態一一驗證。作爲玩這個遊戲的老手，她還太嫩，但經驗及情慾已經訓練出她的風情。即使她還不能收放自如地勾魂攝魄，眼波流轉之餘，還是有一點彷彿忘了收起來的嫵媚，有意無意撒落在願意上鉤的魚兒面前。

他們當下開始商量表演的內容。大部分是安東尼的主意，對話的場景、大致的故事以及詳細的台詞都由他設計，她只在一邊不置可否地點頭搖頭，端詳著安東尼臉上不變的笑容，和他眼底慢慢燃起的火苗。

「妳扮一個街頭美女，我來當搭訕的人，好不好？最後美女被說動了跟著他走，我們要寫的，就是他怎麼說服美女的台詞。妳覺得怎麼樣？」

她聳聳肩，「為什麼美女要被說動？」

「因為這樣比較有戲劇性嘛！如果講了半天美女還是叫他滾蛋，那不是白搭？這樣的戲一定沒人要看，我們不是要演得讓全班拍手叫好嗎？」

她根本不在乎全班是不是拍手叫好，或許安東尼其實也不在乎，但是他們同意再約，義務性地排戲。

那天晚上，和沙維業做完愛後，突然覺得渾身躁汗黏膩難以忍受。她不發一言走進浴室沖涼，沙維業敲著門問她怎麼了。

「沒有，」她不耐煩地，「怎麼巴黎的夏天這麼熱！」

沙維業屈指一算，她月經大概快來了，這幾天還是小心為妙。

這天Bébé在學校和安東尼對戲對得滿頭大汗，結束之後他問要不要到Bistro Roman吹吹冷氣，共進午餐：「你喜歡carpaccio（生牛肉花式冷盤）嗎？Bistro Roman現在有促銷活動，carpaccio吃到飽為止，有興趣嗎？」

她聽到生牛肉就皺眉頭。上禮拜和沙維業在餐廳叫了tartare（韃靼牛肉），像是忘了煮熟的漢堡，那一大團絞肉吃到後來簡直讓她反胃，眞不曉得這些法國蠻人爲什麼嗜好這茹毛飲血之物。

但安東尼說carpaccio和tartare是不一樣的，carpaccio是藝術，讓你想到文藝復興的義大利；tartare只是雜碎，是好肉壞肉剁碎了根本無從分辨。「眞的，妳一定要試試，只有義大利人才能把肉切得這樣薄這樣美麗，擺得這樣漂亮，像朵大紅的玫瑰花，再撒上些酸豆檸檬香菜橄欖油，啊，dolce vita!」

安東尼講得動情不已，渾然忘了現在的肉片都是機器切的，根本看不出文藝復興的痕跡，而且不是義大利的機器也可能切得很漂亮。Bébé不確定她是否有勇氣再試一次生牛肉，但反正Bistro Roman有的也不只carpaccio。

當安東尼在她身上以陌生的語言叫著春時，她想起了Bistro Roman裡端出來像還沒煮的火鍋肉片的carpaccio，以及叫到第五盤侍者趕瘟神似的眼睛。當然，那牛肉片切得還是比火鍋肉薄多了，滴上檸檬汁竟黏在餐盤上不肯起來；等到安東尼爲她叉起，那薄弱的肉片早已畏縮地捲在叉上，完全失卻玫瑰花瓣的容顏。

「怎麼樣？」安東尼的眼睛在她眼前閃爍。

她懶得說那冷凍過度再解凍的肉片已失去應有的彈性，軟趴趴地黏著她牙根：

「呃，還不錯。」

安東尼在高潮過後軟趴趴地黏在她身上，問了，「怎麼樣？」

她隨便點著頭，「啊，還不錯。」

安東尼蠕動著，胸前的黑毛搔得她渾身發癢。

當天晚上沙維業再度陷入迷惘之中。Bébé以他不曾看過的熱情激烈地和他做愛，她一屁股坐在他頭上，吼著要他把舌頭深入極致，沙維業以爲他還未從珍藏的色情影帶幻境裡醒來。當她在他身上狂亂地舞動時，他又愛又驚唯恐寶貝在她跨下不慎折了。

結論是女人月經前後特別饑渴，眞是要小心應付。

魚貝海鮮

其一　生蠔

Bébé一覺醒來已是日上三竿，菲力普早不見人影，在床頭留個字條：「好好睡，我的甜心。」

她訝異自己竟會夢見沙維業，幾百年前的人與事，怎麼分手的都記得不太清楚。

好像是跟生蠔有關。

似乎是他帶回來兩打肥嫩的生蠔，在兩人大快朵頤的時候不經意地說了，「味道好極了，肥美多汁，就像妳下面……」

Bébé正愉悅地把一只生蠔送進嘴裡，這下覺得那蠔肉硬生生卡在她喉頭：「你說什麼？」

不知大禍臨頭的沙維業笑嘻嘻地把整盤生蠔舉到她面前，「妳瞧瞧，像不像？」

十幾隻溼溼黏黏的y字形映入眼簾，Bébé只覺得眼前發黑。

又或許不是那次的事。記得那個生蠔事件在她申請服裝設計專科之前，她記得所有的申請表格文件都是沙維業幫她弄的，所以他們應該是她進了那學校才分手的。

Bébé看看錶，匆匆喝杯牛奶，上了妝準備出門。今天她跑單幫的好友彩雲約她吃飯，要借她的人頭去香榭大道的Louis Vuitton多買幾個限量特價皮包。

午餐桌上，彩雲說她減肥，只叫了一打生蠔配一杯白酒。

Bébé不信地看著她：「這樣夠嗎？這玩意除了色情能量什麼都沒有，吃點麵包吧！」

彩雲瞪了她一眼，「看妳法國住久了，講話都這樣色色的。」

「有什麼好吃嘛，滑滑黏黏怪噁心的，妳看，檸檬汁擠下去，它的肉還會收縮……」

「這樣才新鮮，要不要來一個？」

Bébé搖搖頭，「妳吃吧，妳自己吃都不夠了。」

「說眞的，Bébé，」彩雲放下蠔殼，「妳乾脆在這裡幫我批貨算了，妳眼光也不差，每隔一陣子幫我裝幾箱比較特別的衣服、首飾、皮包配件啊，寄回來給我賣，我就不用這樣來回跑了。怎麼樣，有沒有興趣？」

Bébé想起她學服裝設計的那段日子。以爲去學校就是每天快樂地看流行雜誌，隨手畫幾件漂亮的衣服，之後馬上有人打版製作，期末學校會請專業的模特兒，把學生的創作穿在身上，辦一場愛與美的時裝發表會……

結果入學幾個月還沾不上衣服的邊。基礎素描課與美學理論已經把她搞得頭昏腦脹，布料剪裁入門讓她懷疑她是來當設計師還是女工的，經營管理概論那一科又沒有過，第一年沒念完她就抽身了；那時心情不好還一天到晚跟沙維業吵架，或者不是沙維業是另外一個人嗎？

「Bébé？」

她搖搖頭，「再看看吧。」

她告訴菲力普彩雲的提議。「妳自己覺得呢？」

「我後來想想，還是麻煩。萬一我選的東西賣得不好，萬一東西寄丟了，好多的萬一萬一，還是算了，反正這種生意也做不長久。」

菲力普沒說什麼。

稍後在床上，當他克盡丈夫的職責時，Bébé眼前驀地浮現沙維業陰魂不散的影子。她嚇得驚叫，會錯意的菲力普雄風大振，更竭盡所能魚水承歡。事後，他想想人生至樂也不過如此，點頭含笑入眠。

其二　鹹魚

服裝設計師的夢碎了以後，Bébé又回到語言學校混了一陣子。她終於覺悟要成爲成功女性，不一定要像香奈兒從事服裝美容業。在語言學校遇到一些無聊幼稚的台灣小女生，讓她驚覺女性運動在祖國的迫切性，決定灑下她由法國性啓蒙激起的熱血，爲女性地位的百年大計獻身。

她著手籌備下一波的婦女運動女性研究學系申請行動，才發現成功的女人背後有個默默耕耘的男人還是得心應手多了。想起沙維業爲她塡寫表格擬定研究計畫的情景，才曉得他的好處與用處，不覺後悔在下個學校有著落前就和他分手，還平白多出一份公寓的開銷。捧著西蒙波娃的《第二性》，Bébé在花神咖啡廳（Café Flore）裡苦讀，期望藉著地靈人傑能得到一點靈感。

序言還沒看完，她已經昏昏欲睡，隨她漸行漸遠的意識逐漸鬆弛的手指無力留住那八百頁的巨著，從她手中滑落的《第二性》就這麼砸在正急行走過的一個侍者腳上。他哀號了一聲，把Bébé從化身爲波娃與沙特調情的美夢中驚醒。

他的名字叫荷內，有頭不修邊幅的棕色亂髮，與海水般碧藍、做著夢的美麗眼睛。

Bébé很快就搬進荷內的小畫室公寓，共組波西米亞愛侶的生活。

荷內是個畫家，斗室堆滿了大大小小賣不出去的油畫素描，陰鬱的色

調使灰暗的四牆看來更具壓迫感。他偶而接一些油漆廣告的工作，此外就是在花神洗碗盤咖啡杯，廚房裡忙得昏天暗地，不像外面那些招待觀光客的資深侍者，愛理不理地聽客人點完東西，再慢條斯理地端了出去，拿著冷眼摔到桌上。

「我們的相逢一定是命運。」荷內神采奕奕地告訴她，「妳知道嗎，那天有人把杯子摔破咖啡灑了，才叫我出去收拾的。就是這樣被妳的書打到，說不定是還在那裡的沙特和西蒙波娃的鬼魂爲我們牽的線呢！」

Bébé很同意他的命運說詞。她發現她其實不適合攻讀女性主義，這個美麗的錯誤是爲了讓她買《第二性》這本書，促成與荷內的相遇。

天氣好的時候她陪荷內坐郊區火車出去寫生，看他湛藍的眼在陽光彩筆之間閃耀著光采，回眸對她一笑，有股動人的天眞；雖然她總是不明白爲什麼那麼鮮麗的景致在他筆下仍是抑鬱的灰黑，磨折扭曲的線條。畢竟藝術家的眼睛和常人是不太一樣的。

做愛之餘，她任荷內素描她的裸體，露出卡蜜兒式的微笑（從伊莎貝·艾珍妮的電影裡學來的），深信她的羅丹將從中得到神來的靈感。她告訴荷內她要去學藝術經紀，將來當他經紀人與夥伴，周旋在畫商與買主之前，做個最好的文化大使把他的作品宣揚到世界每一個角落。

荷內擁著她，把調色盤的色彩沾上她赤裸的身軀，在他的人體畫布大肆揮毫，染上夢魘的詭譎；她則閉著眼睛，想像自己在畫展開幕的雞尾酒會上穿著高叉露肩的晚禮服，媚眼四射迷倒眾生，在眾人鼓掌與荷內深情目光的擁抱下，打開第一瓶香檳。

那陣子她愛上他的烤鹹魚馬鈴薯泥。荷內第一次請她來家裡吃飯就是做這道菜，把磨好的薯泥拌上撕碎的鹹魚片，送進烤箱裡，烤出來熱騰騰地夾麵包吃，一入口她像是發現了新大陸一般。

原來鹹魚是這樣用的！她恍然大悟拍案叫絕。才幾個禮拜前她在超市看到鹽漬的鱈魚，好奇地買回家試試，一把它煎黃迫不及待地塞進嘴裡，又迫不及待地吐出來。那玩意兒鹹得讓她落淚，她在水龍頭底下沖洗了好幾次，甚至丟進滾水裡煮，就是去不掉那惡夢一般的鹹味，只有把它丟了，想不通法國人怎麼會吃這樣可怕的東西。

她告訴荷內這段辛酸的歷史，他笑了，「Bébé，妳眞可愛，鹹魚哪有人這樣直接吃的？」

荷內的馬鈴薯泥出其意外的柔順，帶著香濃的奶味，鹽烤鱈魚的鮮味夾雜其中，最是醍醐，酥黃的外皮上再灑一點香菜，Bébé以爲人間美味不過如此。眞沒想到烹調方式不同，竟完完全全讓這鹹魚翻身了。

荷內說他調色盤上的工夫也是如此。「這個加一點，那個加一點，怎麼樣調出你要的色調，你喜歡的感覺。太多就毀了，太少又沒有味道，創造出好的藝術品就像發現好的食譜。」荷內的眼睛又亮了起來，「妳的鹹魚失敗了，是對材料的不了解，跟沒有好食譜搭配的問題。所以藝術品也是——用對了材料調理得當，不一定貴的食材才好吃，妳說是不是？」

Bébé再舀了一匙薯泥送入口中，鹹魚和馬鈴薯，多麼不起眼的組合，又多麼出色的結果。這就是藝術，在平凡中創造神奇，越是平凡無奇的素材，越可能有意料之外的感人效果。

她相信她的荷內，是不會長久被埋沒的。

偶而她和荷內帶著作品上畫廊推銷，得到的總是冰冷的目光，一樣冰冷但包裝得像聖誕禮物那樣精緻漂亮的公式對話。日復一日，荷內始終沒有賣出任何畫作。而他宣稱因Bébé進入他生命而豐盈的創作靈感，又毫不吝惜地爲他增加賣不出去的作品，把原本已經擠得不可開交的公寓空間，更塞得絕無容身之地。

有時她和荷內到遊人絡繹不絕處擺個攤位，排出幾幅較小的畫作，或由荷內當場爲人素描。但觀光客要的是充滿歡樂氣息的巴黎鐵塔、聖母院、凱旋門、紅磨坊，不是大片邪魔壓身的巴黎天空，齷齪得像臭抹布的塞納河，或是讓唐吉訶德瘋子般衝上去追殺的巨人風車。還曾有個顧客爲了荷內的即興素描讓她看來老上四十歲而大吵一架，最後錢也沒拿到。而他們一直等待的，偶然路過大爲驚豔的藝評家，始終沒有出現；或許曾經出現過，但始終沒有大爲驚豔。和Bébé的相遇，似乎已經用掉荷內生命中所有的偶然了。

那天他們走進Faubourg Saint Honoré一家畫廊，得到每張畫比往常多上三十秒的禮遇，忐忑的心開始染上期盼的色彩，又爲老闆的沉默不語與銳利的眼神切割折磨著。他翻到一幅Bébé的裸體畫，抬頭迅速看了她一眼，又回到畫上，停留了足以讓他們窒息而死的漫長時間。

Bébé的心在這百年之間並沒有沉睡。從接觸那人的眼神開始，無法平息的心跳就把全身的血液送到她臉上，她多希望對方沒有那針般刺穿她肌膚的眼神，那樣好整以暇欣賞她無從遁形的肉體。雖然在荷內筆下的她有著灰藍黯淡的膚色，羸弱枯瘦的四肢，和猩紅得刺眼的乳頭，與她脫離了少女青澀，正日漸豐腴甜蜜的胴體大爲不同，那老闆的眼睛彷彿俐落地撥除所有僞裝，毫不憐憫地把她本人赤裸裸地釘上他瞳孔深處的畫框。

如果他開口問了，這人是妳嗎，或問荷內是不是你的情人，她會覺得自在點。但他絕對的沉默和眼裡洞悉一切掌控一切的自信，以及微揚嘴角揭示的露骨慾望，讓她捏得緊緊的掌心冒出了冷汗。她驚於荷內的坦然自若。她看得出來荷內有些緊張，藍色的大眼睛充滿期待，但他竟能這樣鎮定，讓另一個男人拿著放大鏡審視自己女人縷縷如繪的體毛，或甚至是故意營造出一個偷窺的場景，刻意邀請第三者參加他們的性愛饗宴。

畢竟藝術家的心思和常人是不太一樣的。

審查終止。老闆終於從裸女的漩渦中拔身而出，兩人幾乎是痛苦地等著他的評語：「怪不得我覺得看來好眼熟，像極了莫笛里亞尼（Modigliani）裸女進煤氣室的樣子。」

就這麼一句話，已經足夠傷害荷內僅存的藝術家驕傲。

他的畫變得更沉鬱，他的眼睛也老像灰雲蔽日的巴黎天空，連他的拿手好菜鹹魚薯泥都變了味道。到底是哪裡不一樣了，Bébé也說不出來，但它不再有那種——小心翼翼防著不被燙到之際——曾經讓她迷戀的，在舌上四處竄流的豐潤奶露中鹹香的鱈魚味；那烤盤裡大塊和在一起的風景，是甜蜜地灑落身上的豔陽，透著潮溼鹹味的海風，孩子們在沙灘上生火烤著釣上的小魚，炊煙餘香杳杳。

這也許是荷內應該找尋的食譜。但是他現在做的烤鹹魚馬鈴薯泥只充滿貧窮的味道。

畢竟鹹魚是窮人的食物。每次只要放一點點，一條就可以讓你吃很久了。

卵

其三　鱘魚卵（魚子醬）

Bébé正在午後的肥皂劇裡發呆，菲力普撥了電話過來，「晚上要跟客戶吃飯，一起來好嗎？艾瑞克跟賽西兒也在。」

「你們談生意，我去做什麼？」

「我們今天要到銀塔（Tour d'argent），我想也許妳有興趣。」

Bébé關了電視，開始在衣櫥化妝鏡前辛勤地工作。全巴黎最貴的餐廳，她當然有興趣。

菲力普挽著她的手臂入席時，艾瑞克和賽西兒已經在座位上對她微笑，賽西兒左手邊是今天的主客，剛把一筆大生意交給他們傳播媒體公司的白頭紳士。他起身爲Bébé拉開椅子，「好久不見了。」

Bébé被那聲音馬上凍結在當場。多年以前在他面前極力克制身體顫抖，冷汗直冒的感覺又回來了。

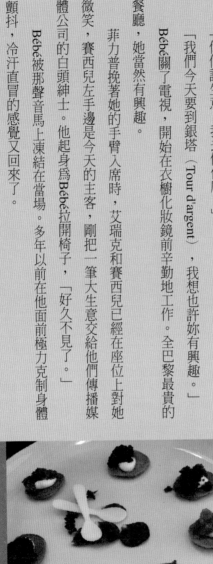

來不及爲老婆做紳士服務的菲力普問了，「你們認識？」聲音裡滿是不懷猜忌的好奇。

尙保羅點頭微笑，「我不曉得尊夫人原來就是Bébé。她好幾年前在學藝術經紀，曾經帶著藝術家到畫廊引薦給我認識。嗯，Bébé，」那雙銳利依舊的眼睛看著她，「現在還是做這一行的嗎？怎麼從沒聽菲力普提過？」

菲力普當然不會提，因爲他也是第一次驚喜地發現老婆的藝術涵養如此深厚。Bébé逃難似地把眼睛放到賽西兒身上，發現她的眼神跟老紳士一樣銳利，只是多了點讓她安心的同類的慧黠與男人們永遠猜不透學不來的心思，Bébé感到餐桌下賽西兒的鞋尖輕輕磨了她的小腿肚，頓時平靜下來。

久別重逢，尙保羅提議開瓶香檳慶祝，順便爲他們這次要造勢的藝展活動預祝旗開得勝。他很識相地不在香檳與魚子醬上桌時，講些不相干的話。光是Bébé認出他瞬間的表情，已夠他慢慢品味多時了。他的手指如盤昇的氣泡般優雅地舉起，「祝大家身體健康！」在酒杯互擊之時又加上一句，「敬藝術永恆的生命！」

永恆的生命。Bébé想起棺材裡爬出來死而不僵的吸血鬼，就像她眼前這個市儈的老傢伙，也虧他講得出這樣大言不慚的話。

意外重逢的虛驚並沒有動搖她的胃口，珍珠母的小調羹像一葉小舟載滿了粒粒晶瑩魅惑的黑珍珠，緩緩划向她等待中已濡溼的唇舌。她任性地以誇張的動作在舌尖把魚子顆顆爆破，讓三個男人無法克制地一臉饞相盯著她。

賽西兒看著她的眼有不以爲然的冷漠。女人們片刻前建立的脆弱友誼瞬時瓦解，Bébé假裝沒看到，全心專注在她的魚子醬表演中。

她知道女人從來不缺手帕交，那只是平時拿來掩飾彼此的出軌和發洩虛榮心用的。女人要的是魅力跟手腕，愈是讓其他女人恨得牙癢癢的，愈發是個成功的女人。別的女人表面上不齒，骨子裡對妳尊敬有加。

但是她不曉得賽西兒心裡嘆的是，這小妮子火候永遠都不夠。在Bébé賣弄地剔破又一顆飽滿的黑珍珠，抬起溼潤的眼微笑時，她皺起了眉頭。

而Bébé在她的盡興演出中，第一次忘了尚保羅那帶給她無限壓力的視線。其他男人們以及賽西兒都不存在，她的嘴裡心裡只有鱘魚那天價的魚卵。

甚至在尚保羅把她從荷內鹹魚馬鈴薯的窮酸天地帶到香檳魚子醬的世界時，也沒有這樣的景觀。剛開始荷內鬧得很兇，他無法原諒這個羞辱他作品又搶了他女人的中年男子，尚保羅找來警察，警告他不要再去畫廊鬧事，不要再跟蹤騷擾Bébé。還好這些風波在尚保羅的老婆度完假回到法國前就平息，沒有造成不當的迴響。

搬進尚保羅藏嬌的金屋那天，他也帶了香檳魚子醬來慶祝。Bébé想起當年沙維業的鵝肝醬和二流梭甸，想著那時沙維業就算給她香檳和魚子醬，她也吃不出好歹，這幾年來自己果然還是有長進的。雖然香檳喝進嘴裡味道有些嗆，魚子醬比起她懷念的家鄉烏魚子並不高明多少，它們的質感在尚保羅告訴她價錢時陡然攀昇。只是時間的問題，她告訴自己，等她的味蕾習慣了它們的刺激，就能充分辨識享用它們的美味。

她拆開尚保羅給她的緞帶禮盒，穿上她第一件絲質的Christian Dior內衣，噴上她第一瓶香奈兒五號，稱職地與尚保羅做著愛。她愛上絲睡衣嬌寵著肌膚的感受，不能置信她居然曾讓荷內塗上一大堆有害皮膚的顏料，不敢相信她居然曾以為荷內會是她一輩子的真愛。

尚保羅給她這一輩子第一條鑲鑽項鍊，讓她更確信瑪麗蓮夢露是對的，鑽石是女人最好的朋友。

多年不見，不變的是他始終像是能看穿她的銳利眼神，但他銀灰的頭已轉爲全白，所以遠遠地她沒有認出他來。初時擔心在菲力普面前露出馬腳的不安完全消褪，她甚至能抬眼回望尚保羅，遙祝他們共飲的第一瓶香檳，第一罐魚子醬，以及所有搭配她的第一個名牌。

所有人都吃完他們的魚子醬，放下小調羹等候Bébé多時。菲力普開始擔心老婆與魚子醬的纏綿若永無止盡持續下去，縱以魚子醬的尊貴地位，仍將是失禮之舉。而Bébé全然無視餐桌上的變化，她像個守財奴忠實地數著她一粒粒黑珍珠，仔細一粒粒把它們爆開，在溫潤香濃的汁液順著舌尖向全身擴散時，陶醉地閉上眼睛，等著潮水般向她湧來的快感漸次散去。就是這表情讓座上所有男士捨不得提醒她加快腳步，把剩下的魚子醬嚥下去；他們痴痴地望著那粉身碎骨的鱘魚卵經過的起伏喉嚨與胸口，期待著她在下一個魚卵滑過之時，終於會發出令人銷魂的低吟。

她把最後一粒魚卵嚥下去，心滿意足張開迷濛的眼，三個男人幾乎異口同聲問道：「好吃嗎？」

Bébé微笑不語舉起酒杯，吱吱喳喳的香檳泡沫沿著同樣的路徑而下，伸出它們透明冰涼的手臂追趕著在前頭載浮載沉的魚子。

卸過妝她坐在妝台前，想起滿頭雪白的尚保羅，魚子醬沒有帶給她的勝利微笑捲在嘴角，菲力普問了，「在想什麼？」

「沒什麼，今天的魚子醬眞好吃。」她笑得更開心了，「你說我最近皮膚怎麼樣？大家都說我看來像才十八歲。」

菲力普含含糊糊說些附和的話，但Bébé的心思根本不在上面。她挖出她昂貴的魚子醬眼露護膚霜，細細抹在臉上。初時她對這款保養品的美膚效果也是半信半疑，但近來說她看起來不像三十歲的諂媚者遽增，可見美容絕對是錢花下去了就看得出成果，雖然那些芬芳宜人的乳液凝露尋不出任何可辨識的魚子痕跡。

其二　羊肉

在她嫁給菲力普之前，家裡算是半正式與她斷絕親子關係。春去秋來，去法國好幾年，他們始終搞不清楚她在做什麼學什麼，說來其實自然，因爲她也從來不清楚自己想做什麼想學什麼。父親的解決方案是斷絕她的經濟來源，「這個不孝女，沒有錢了自然會回來。」他如是說。

母親則三不五時偷偷匯錢給她，這就是男主外女主內的好處，男人永遠搞不清楚交給老婆的錢花到哪裡去了；但是每次數量實在有限，多了怕被爸爸發現。因此張媽媽想起在法國過著清苦日子的女兒總是暗暗垂淚，好幾次想飛去巴黎探望她，敵不過張爸爸臉上的寒霜只有作罷。

家裡寄來的錢Bébé總是理所當然收下來，那數目比起尚保羅給她的倒眞是不多，有幾次想寫信告訴媽媽她過得很好，不用擔心，那信卻始終沒有寄出。

離開荷內以後她不再想藝術經紀的路線，雖然尚保羅這方面人脈熟，幫她找學校不是問題。問題出在她自己覺得像荷內這樣的角色到處都是，好像也不必花那麼多的心思幫他們經紀；反正跟尚保羅在一起沒有生活經濟的壓力，她正可以好好認眞地思索眞正想要的是什麼，對社會人類能做出什麼樣的貢獻。在思索之際，她孜孜不倦地學習如何使用各種名牌衣飾美容用品，跟著尚保羅嚐遍各地美食，享受花都所能提供的各種奢華刺激娛樂。

但是尚保羅畢竟沒有三頭六臂，他的時間還要分給另一個女人和兩個小孩，在Bébé這裡的空巢期，她得自己想法打發。

她告訴尚保羅她要學戲劇，夢想像伊莎貝・艾珍妮（Isabelle Adjani）一樣豔驚話劇演員渴求的寶殿法蘭西劇院（Comédie française），然後再被人挖角去演電影。尚保羅說了，「小寶貝，這條路可不好走，不過妳想上演戲課的話，我倒可以幫妳安排。」

她依一貫伎倆，跳到尚保羅身上說他眞好。她當然沒有告訴尚保羅，其實給她啓發的不是帶著藝術家氣質的伊莎貝，而是小野貓的碧姬・芭杜（Brigitte Bardot）。她在懷舊老片頻道看到《上帝創造女人》（*Et Dieu... créa la femme*），就幻想著那個裸身顛倒衆生的尤物是自己，而碧姬．芭杜的B.B.，可不正是小姐她Bébé嗎？改名爲Bébé果然不是個偶然，她的人生道路又亮起一盞明燈。

名義上她還是學生，演戲的課程只佔去少部分的時間，給她取得居留權的仍是永遠念不完的語言學校。偶而她也會穿著超乎她學生身分的高級服飾，去課堂上露露臉，偶而她也像學生一樣打打工賺個外快。她第一次帶台灣旅行團賺來的錢全花在一條聖蘿蘭裙子上，得意地穿給尙保羅看，尙保羅摸摸她的頭，說她是個可愛的小傻瓜。

後來她也接一些台灣公司在法國辦的商展上招待翻譯的工作。在入口做接待小姐，負責簽到登記，是她最愛的，因爲工作輕鬆，又可以賣弄身段笑顏，善盡美麗花瓶的職責。到個別的攤位翻譯打雜吃力又不討好，不過大部分時候她還都應付得當：抓不住重點就隨便混過去，參觀的法國人跟她開黃腔講得眉開眼笑，她就告訴老闆那是法國式幽默。

這天是她在某個商展打工的最後一天，爲了慶祝功德圓滿，她負責翻譯的廠商請吃飯。她帶著想開洋葷的老闆來到一家適合敲凱子的餐廳，一坐定就老實不客氣點了香檳魚子醬和梭甸鵝肝，想著反正不會再有機會為同一個人工作了。對方也許想的與她不差，等侍者一走就緊緊抓住她小手，再三撫摸感謝她這幾天來的辛勞。

主菜上桌，那羊肉是下鍋煎了仔細包裹在酥餅裡再烤，就這麼切片一字排開，浮在深厚濃郁的醬汁上，彷彿南太平洋某個島嶼星羅棋布的美麗角落；襯上精雕細琢的蔬菜與芋泥，椰影低垂白沙灘的熱帶海洋躍然盤上，要不是怕酥皮糊了還真捨不得吃。

Bébé又起一塊像壽司般齊整緻麗的羊肉送入口中，一股個性強烈的羊膻味馬上皺起她的眉頭，對面和她同時品嚐的男人卻爆出一聲讚嘆：「膻得夠勁！這些法國佬果然有一套，怎麼把外皮弄得這麼酥，裡面的肉又熟得這麼均勻，火候控制這麼好！妳瞧這肉多嫩，湯汁氣味一點都沒跑掉，連這羊膻也完完全全包起來了！」

Bébé只胡亂吃了點配菜和麵包，看著男人津津有味掃空盤裡的羊肉塊。男人吃完自己的份，意猶未盡伸手撈到Bébé盤裡，最後才心滿意足摸著鼓起的肚皮打飽嗝。

Bébé回到她的小公寓已經是凌晨四點，出乎意外地，以為不會來的尙保羅竟在她床上，在她丟下皮包之際問了一聲，「妳到哪裡去了？」

「去跳舞了，」她小心翼翼地，「我告訴過你，我去幫忙的那個半導體產品展售會今天結束，我們一起翻譯的幾個朋友之後出去玩，慶祝了一下。」

她說話時離他遠遠地，忍不住地心驚肉跳。剛才的男人像那羊肉一般，衣服一脫，被解放了的狐臭薰得她頭暈目眩，雖然一完事她馬上逃難地坐計程車離開，難保自己身上不帶著什麼殘餘的氣味回來。她開始後悔剛才沒在他旅館先沖個澡再走。

尚保羅的眼因倦意而失卻平日的銳利。Bébé盥洗出來在他身邊躺下時，他伸出一隻手臂溫存地摟她入懷，手指溺愛地順著她的髮絲。

「還是尚保羅好。」Bébé鬆了口氣這麼想著，在微笑中入睡。

第二天尚保羅請她搬出公寓時，她還以為是在夢中。

她慌亂地投入他懷裡，以為眼淚可以觸及他心裡柔軟的那一部分，但他溫和地摸摸她的臉蛋，笑著搖頭，「Bébé，可愛的小笨蛋，妳連偷吃都不曉得怎麼擦嘴。」

羊肉的臊味在那一瞬間又回來了，男人塞滿羊肉的肚皮在她眼前聳動著，灰黑濃密的長毛從他下身迅速竄出，直到他像希臘神話裡的牧神舞著半人半羊的毛茸茸下體，淫笑著向她迫近。

等她回復知覺，尙保羅已經走了，桌上留下這個月房租的支票和一張小字條：

「小寶貝，妳這輩子都不會是個出色的女演員。」

其三　青蛙（田雞）

尙保羅之後有幾個男人來來去去。拜他們之賜，即使沒有穩定的奢華生活，日子還不會太難過。雖然明星夢與戲劇課程隨著尙保羅的離去告一段落，學碧姬・芭杜在男人面前做小野貓之姿倒也不是難事。反正B.B.在《上帝創造女人》裡除了誘惑男人以外，好像也沒幹什麼正經事。

讓她煩惱的只有每年例行的居留審查。警察局那些面試官臉色一年比一年難看，他們不明白她語言學校爲什麼要念這麼久，她的法文現在不是挺流利的嗎？她打算什麼時候打道回府回國貢獻所學？

她是死也不肯回去的。她回去拿什麼文憑給人家看，就這一疊堆起來高聳入雲的語言學校證書嗎？爸爸媽媽親朋好友王娟娟和王爸爸的面孔也像那疊證書堆在她眼前，她咬緊了嘴唇。還好居留的事一年頂多煩個兩次就算了。

而菲力普就在這時出現在她面前，上天對她實在不算不厚。

她意識到菲力普的存在，事實上已經是他在她面前晃來晃去好一陣子之後了。她注意到去超市買菜，常有同一個法國人問她拉拉雜雜的問題，像蠔油怎麼用，炒麵應該用哪種麵條，醬油哪個牌子好，等等，等等。

在她終於開始納悶菲力普怎麼總能適時出現在她眼前，再提出一個有關採購烹調的問題，才知道他已經注意她很久了。

那一陣子法國失業率居高不下，好面子的法國人紛紛流行到十三區的華人超市雜貨店買菜；熟人們在收銀台前碰到了，打個招呼，恭維彼此多麼chic（時髦），在收銀機打出遠比法國超市低廉的價錢時，則心照不宣地微笑著。菲力普也是在某個時髦的朋友推薦下來到十三區中國城，在蔬果肉櫃間瞥見了Bébé的倩影，生性拘謹的他，想走過去跟她打個招呼扯個話題，竟提不起勇氣。看著Bébé結完帳提了購物袋走出超市，心裡實在不捨，就丟下菜籃追出去，跟她進了地鐵站。

看著她推門而入，消失在巴黎某棟古老陰森的公寓石牆之後，他迅速抄下地址，帶著漲滿心房的幸福離去：他知道了她住在哪裡。

掌握這個祕密無形中拉近他們的距離，也助長了他的勇氣。幾度在她門口徘徊，等待與她再一次偶然的空檔，他不停思索著要如何跟她搭訕。當他又驚又喜地尾隨她出門買菜，儘可能隨意地逛到她面前，打好草稿的美麗辭句瞬間流失得乾乾淨淨，他只能結結巴巴問她任何和眼前商品相關的問題。

逐漸地，他有機會展現紳士的殷勤，幫她提著大袋小袋回家，然後帶著跟他道謝那個甜甜的笑靨回去，珍藏熨貼一個晚上。

當他終於靦腆著，告訴Bébé他的小祕密時，她慶幸著在那段跟蹤的日子裡，沒有讓他看到香閨其他的訪客。他告訴Bébé在多少個等待的日子裡，曾爲她寫下無數熱情纏綿的詩篇，卻羞於投在她信箱裡，她只是甜甜地笑著，從來沒有問他要來看。

他帶Bébé上館子，品嚐浸在蒜茸乳汁裡潔白如玉的青蛙腿。看她愉悅地捨去刀叉的繁文縟節，玉指纖纖地拿起一隻隻美腿來啃，一時無法自抑地把手放到餐桌布下，那黑網襪裹住的大腿上。

那天晚上，像個大廚手中握著彈性十足抖動著的蛙腿，愛憐地把花綠的蛙皮剝下般，他如願以償地褪下那黑襪，把顫抖的嘴唇貼上那遐思千次萬次的玉腿。過度興奮讓他失去控制，乳白的液體噴在那形狀美好的腿上，他只能千次萬次道歉，唯恐這好不容易為他開放的祕密花園再度封閉。

後來Bébé懷著顆百無聊賴的心帶他去中國餐館。在床上撐不了幾分鐘的男人，還留著做什麼？她用他聽不懂的語言點了麻辣田雞，還交代放下四川泡椒，誓言辣死這個法國佬。

她告訴菲力普，「我叫了你喜歡的青蛙。」

「啊，眞的？」菲力普眼睛一亮，「中國人也吃青蛙腿？」

「當然了，試試看我們的作法，很特別的喔！」她不懷好意地笑著。

菲力普想著中國不虧爲文明古國，心裡滿是敬仰之意。

端上來的田雞不似他熟悉的羊脂白玉，那青蛙還穿著牠打娘胎帶出來的斑斕彩衣，而且不只是腿，身體其他部分一起都上了，五顏六色的青紅黃椒蔥枝薑片豆豉汁，襯得熱鬧繽紛像艾菲爾鐵塔的國慶煙火。

菲力普遲疑著，在Bébé示範鼓勵之下，勇敢地夾了一塊。一入口舌頭就像野火漫燒的草原，一發不可收拾；他奮力嚥下那威猛的辛辣，淚珠已在眼角。

「好吃嗎？」Bébé用她最純潔無辜的聲音問了。

「好……吃……。」菲力普努力控制已經不靈敏的舌頭，擦了擦額頭的汗水，對著Bébé微笑。

但是那天晚上發生的事完全在她意料之外。菲力普有備而來決心一掃前恥，他不惜成本犧牲演出，只求贏得佳人笑。褪下一半的絲襪還捲在腿上，在昏暗的燈下妖媚地招搖著，被四川泡椒辣腫的舌不辭辛勞舔著她全身肌膚，在他挺著彷彿也被泡得火辣的陽具進入之前，她早已在美妙的酥麻中震顫。吃完田雞舔著微麻的嘴角，也沒有這般豁然開朗的極景。

之後回台灣是她去國多年的第一次。失業多月，菲力普終於在好友投資的公司重新出發，做得有聲有色；一向對他寵愛有加的姑媽也適時孤零零地逝去，留下Neuilly一棟雅緻的布爾喬亞宅第，更提高他的身價。他跟Bébé先在市政府公證結婚，然後隨她歸國負荊請罪。

臥薪嘗膽多年的張家二老馬上席開五十桌，昭告世人女兒終於歸來復仇雪恥。確實，菲力普雖然大她二十歲，但他頂上毛髮依然如胸前一般豐盛，微凸的小腹不是那麼難遮掩，他身高或許高不了她多少，也不能算不體面，人畢竟沒有完美的。

即將到手的法國護照與公民證，讓她不必年年到警察局看人眼色，也讓親朋好友們見見她得意的顏色，再加上巴黎黃金住宅區新居的照片，收穫不可謂不小。

同窗的王娟娟已經是一個孩子的媽媽，老公是個再普通不過的薪水階級，不是靠兩家父母投資，根本別指望在台北買間小公寓棲身。她挺著再次隆起的肚子出席Bébé的喜宴，當年引起一場風波的法文課之爭了去無痕，對著Bébé和菲力普之間的對話她一片茫然，好像這些子音母音從來沒有出現在她的地平線上。

Bébé在沾沾自喜中卻有幾分惘然。

魚貝海鮮

其三　蛤蚌

菲力普怕Bébé在家寂寞，買了隻小貴賓狗給她解悶，她也很快學會了最純正的法國布爾喬亞抱狗的姿勢，上街時把那小蠢狗夾在腋下走路。她到美容院把小狗剃得精光，再幫牠買件非常布爾喬亞品味的小毛衣，神氣地帶出去串門子。

每逢星期假日，菲力普定然陪著嬌妻，或到郊外散步踏青，或是去休閒中心按摩三溫暖，或是陪她購物幫她提著大包小包，就像他們當初認識時一樣的光景。

再怎麼用心，Bébé還是無聊。時光飛逝，五年歲月悠悠而過，她不需要七年的婚姻就能感到那隔靴之癢。難過的是竟沒有人來搔她，這菲力普似乎斷送了她的男人緣，結婚後即使不戴戒指出門，也沒人跟她搭訕。她偶而還會接接旅行採購團商展翻譯的工作，竟也不再有任何豔遇。

他們每年都去度假，對工作努力的菲力普而言，看看電視在沙灘上曬曬太陽，吃吃飯和老婆在度假小屋裡做做愛，除此外什麼都不做，像是天堂似的。對Bébé而言，這種度假方式無聊透底，跟她平日的生活沒有兩樣，就是換了場景做同樣的事；她看著這些懶散的法國人在餐桌電視海灘前晃來晃去無所事事，心裡更煩了。

這年夏天她和菲力普又來到他百去不厭的布列塔尼半島，住進他們租過好幾次的房子裡。把菲力普一個人留在房間看電視，她帶條毛巾到海灘上，打算曬出個健美的小麥色回巴黎炫耀。

好不容易在擁擠的沙灘上找出塊地盤坐下，身邊有個聲音響起：「小姐，一個人嗎？」

隔壁紅洋傘的陰影下有雙眼睛閃閃發亮注視著她。

「可以算是吧！」她以再平淡不過的語氣回答。

「需要人幫你擦防曬油嗎？」

男人的殷勤是永遠不嫌多的。在那人的邀請下進了他傘裡，才看到他英俊迫人的臉蛋。丹尼爾比她小兩歲，是電腦工程師；金褐色的頭髮下蓋著閃爍的綠眼睛，澄澈得像母親送她那對翡翠耳環的碧綠，在影子裡濛著點流離的灰。

她順服地臥在他毯子上，把防曬油交給他。男人二話不說，以熟練的手法解開她比基尼的罩扣，開始把乳液抹在她背上。她注意到他雙手順著她背脊而下之時，總會把小指和無名指滑過她腋下溢出的乳緣。當他若無其事地問她要不要擦前面時，她也很平常地說了，「謝謝不用了，曬不到的。」

菲力普午睡醒來，老婆正好從海灘上回來，她看來容光煥發，果然渡假曬曬太陽是不錯的。

她第二次單獨到海灘上，留心著有沒有丹尼爾的影子，正失望地隨便找了個地方放下東西，又有人問了，「我可以坐妳旁邊嗎？」

她抬頭一看，衆裡尋他千百度的那人自信滿滿地對她微笑。

他們在海灘咖啡座的傘下啜著可樂，看著沙灘上形形色色或坐或臥，或是沉浮於碧波之間的半裸男女。但菲力普竟在這時離開電視前的寶座，找到這裡來了。Bébé看著那滑稽地東張西望尋找愛妻的身影，正猶豫要不要相認之時，他認出她朝著他們走了過來。

她告訴菲力普她在下面曬得發昏，就邀隔壁的丹尼爾一起上來喝杯冷飲。菲力普客套地跟他握了手坐下來，點了杯啤酒。她知道丹尼爾饒富興味地打量著她，便假裝沒看到，拿起菜單又研究了一下。

「肚子餓了嗎？」菲力普問她，「要不要叫點東西來吃？」

「我倒想墊墊肚子，」丹尼爾說了，「有沒有人有興趣跟我分個海鮮盤？」

三個人於是叫了一人份的海鮮盤，外加半瓶白酒。

侍者把沁在碎冰上的各色生冷海產送上，三人禮讓了一下，丹尼爾不客氣地拿起最大的那個生蠔一口嚥下。

Bébé抓起隻蜇蝦丟到菲力普盤裡，讓他把殼剝了遞給她。丹尼爾笑笑，拿了個蚌殼撬開，象牙色鑲著一抹紅痕的蚌肉盛在滿滿的汁液裡鮮脆欲滴，問她：「妳要嗎？」

Bébé搖搖頭，「我自己來。」

她也拿了蛤蚌，如法炮製想把它撬開。豈知那甲殼頑固地在她手中掙扎著，使勁吃奶之力就是打不開。

「妳知道嗎，」丹尼爾開口了，「在妳手中的是個活生生的生命。妳滿肚子不高興想著爲什麼打不開，這是因爲它拚死在掙扎，用所有的力氣抵抗，看能不能逃過一劫。對妳來說是一口吞下去就沒有了，對它來說是一輩子都在這一刹那，輸了就是來世再見了。」

Bébé把蚌殼交給菲力普。菲力普打開了要給她，她搖搖頭，幾乎是生氣地，「不要了。」

丹尼爾又拿了一個，入口之後陶醉地閉上眼睛：「味道這麼好，因爲是你親手殺了它的。」

那天晚上在床上有一搭沒一搭地聊天，菲力普說他覺得這個叫丹尼爾的人怪怪的，Bébé說她也這麼想。

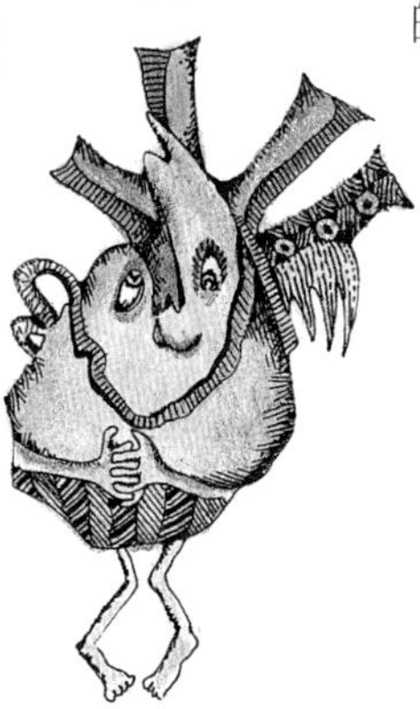

隔天他們也帶著柄洋傘到海灘上，菲力普看了幾頁書就睡著了，Bébé則在傘下檢視這幾天日光浴的成果。丹尼爾走過來跟她打招呼，說他明天就要回巴黎。

「眞的？我們才剛來。」

「還要待多久？」他問。

「再一個半禮拜。」

「不無聊嗎？」他看看她，又看看傘下的男人，「還是跟他在一起到哪兒都無聊？」

Bébé不可置信地看著他。雖然這最後一句話是低聲說的，她還是很不自在。聽著菲力普的鼾聲絲毫未見中斷，她才鬆了口氣。

「知道你們看起來像什麼嗎？」丹尼爾那討人喜歡的面孔笑了，「像是珍珠貝裡的老蚌跟小珍珠。不覺得這傘活像蚌殼嗎？」他再低語，「當然，也要老傢伙不省人事，才能拿到寶貝。」他對她眨眨眼，把一張紙片塞到她手裡，揮手說再見。

菲力普說得沒錯，這傢伙眞的怪怪的。

她把丹尼爾的電話號碼藏進比基尼的乳罩裡。

其二　內臟香腸

Bébé的嘴藏不住什麼祕密，賽西兒很快就知道她的海灘奇遇，又拿這段羅曼史的無疾而終好好嘲笑她一番。

她一肚子不高興，賽西兒一定是嫉妒。她有一次說Bébé眼睛雖大但兩眼距離過寬，注視著人的時候沒辦法讓人感到那種「眼裡只有你」的魄力。好處是有種無神慵懶的魅力，有些男人就吃這一套。那時她就覺得賽西兒如此出言不遜，一定是嫉妒她的美貌與才能，什麼眼睛太開的話她過耳不聞，最受用的那句「慵懶的魅力」記了下來，而且深信不疑。

她打了丹尼爾給她的電話，結果是個女孩接的。掃興地敷衍幾句掛了電話，豈料不久之後丹尼爾竟打來了：「妳剛才找過我嗎？」

丹尼爾說祕書告訴他，有個帶亞洲口音的女人打電話來。問他怎麼知道是誰，怎麼有她電話號碼，他笑而不語。於是他們約了一起吃中飯。

巴黎最熱的時分已過，他們坐在露天的咖啡座上，有了幾分涼意。丹尼爾很紳士地把他的長袖襯衫披在Bébé身上，當然也沒忘記有意無意地拂過她光裸的臂膀。回到座位，第一枚落葉飄在他身上，仲夏最後的綠鬱中微映著紅絲；Bébé看他帶著點孩子的天真把葉片抖落，多年未曾有的心動如這早秋突然而至。

她開口想找個話題，誰知脫口而出的竟是：「你秘書怎麼會接聽你的手機？」

丹尼爾注視著她，依舊是那個討人喜歡的笑容，讓她恨得咬舌頭，「對啊，所以我炒她魷魚了。」

她不相信，丹尼爾又笑了，「信不信由妳，至少我沒有結婚沒有同居人。」

她低頭看著菜單，不出一言。

兩人的菜上了，跟丹尼爾的內臟香腸（Andouille）比起來，她的生菜沙拉顯得十足清教徒。看著她無精打采地啃她的菜葉，丹尼爾問了，「要不要來一口？」

Bébé望著他的盤子：那香腸烤了個金黃酥脆的外皮，淋上熱騰騰的芥末醬汁，確實很吸引人。丹尼爾一刀劃下，內臟類特有的濃重動物氣息散發出來，馬上霸氣地吞噬沙拉怯怯的存在感。

Bébé極力嚥下分泌開始旺盛的唾液，堅定地搖頭，「不要。」對於丹尼爾的慷慨提議，連謝謝都不想說。

「很好吃唷，妳看，」丹尼爾叉起一個切片，還刻意把內部糾結的腸團展現在她眼前，「這麼赤裸裸地開腸剖肚，讓妳接觸到人類最原始的殘忍慾望，還有我們野蠻高盧個性的食物，嗯，好過癮！」那叉子在她面前抖動一下，又掉出一點腸肚碎片，「不要嗎？」

他的眼睛有藏不住的笑意，讓她恨自己爲什麼今天要約他，更不可原諒的是稍早竟還爲這該死的傢伙心動；她決定吃完這餐飯就是最後，再也不要看見這張捉弄人的臉，不管它是多麼俊俏。

丹尼爾津津有味吃完他的香腸，抬頭望她一眼，想說什麼欲言又止：「Bébé……」

他的遲疑把她從滿肚子的不悅裡喚醒。「Bébé……我……呃，對不起……」

「什麼？」在她察覺之前，她的聲音已經自動軟化下來。

「我可以問妳一件事嗎？」

「什麼事？」她語裡盡是掩不住的溫柔。

「如果妳吃不下了的話，我可以吃妳的沙拉嗎？」

她再次詛咒自己的軟弱，詛咒丹尼爾不得好死，發誓這輩子再也不要見他；在這不停詛咒的當兒，他招手跟侍者算好了帳。

丹尼爾說要送她，她搖搖頭。他說有禮物給她放在車上，於是她好奇地跟他進了停車場。

「什麼東西？」她問。

他把她摟入懷裡，嘴唇貼了上來。他的吻還帶著內臟香腸的氣息，把她籠在野蠻熱烈的快感裡。

丹尼爾送她到歌劇院前，她說跟朋友約了的地點。他匆匆而去，預留去他住處的時間完全沒用上，和賽西兒約好的時間還差兩小時；她於是晃進一家髮廊洗了個頭，吹好後照著鏡子頗有微辭，要美髮師重新做一次，終於晃掉

這漫長的兩小時。

接了一個吻卻沒有後續，好像比什麼都沒有還糟。她告訴賽西兒什麼事都沒發生，然後編出一個淒美愛情故事的情節，講得自己都意亂情迷。是的，丹尼爾一定是因爲她結了婚有所顧忌，怎麼她都沒有想到？

鮭魚卵的腥味讓她回味丹尼爾吻裡內臟香腸的血腥氣。她閉上眼睛，笑意捲上了嘴角。

賽西兒看著她：「這麼好吃嗎？也許妳眞的戀愛了。」

魚貝海鮮

其四　龍蝦

丹尼爾電話來的時候，菲力普正在洗澡，蓮蓬頭的水聲間在背景中，Bébé壓低了聲音：「你瘋了？不是我接的怎麼辦？」

「那我就說我是送牛奶的工人，明天罷工不來了。」他嘻皮笑臉地，「放心好了，我第六感很準的，知道老蚌不在範圍之內，正好偷空看看我的小珍珠怎麼樣，是不是在想我啊？」

浴室的水聲低了下來，她要丹尼爾明天再打。菲力普裹著毛巾出來時，Bébé已經睡著了；她的睡顏有種難言的喜悅，想必正做著好夢。他躡手躡腳關了燈在她身邊躺下，她的愉悅隔著被單傳了過來，讓他闔眼時也是滿心舒暢。

丹尼爾告訴Bébé，朋友從諾曼第來，送他兩隻活龍蝦，問她有沒有興趣品嚐。

「晚上嗎？」她問。

「當然是晚上有情調了，妳不方便嗎？」

明知故問，她恨恨地想，這小子淨是給她出難題。就在這時她的手機響了，菲力普說他今天臨時加班，不能回來吃晚飯。

去丹尼爾家的路上，Bébé的心上上下下，畢竟菲力普只是晚一點回來，不是不回來。而且這丹尼爾是安著什麼心，明知她有她的難處，還跟她玩這樣的遊戲，是不是打算抓著她的把柄，以後用來要脅她，或是跟菲力普勒索？

恍惚之中，她來到他門下，顫抖著手指按了門鈴。在丹尼爾的懷裡她忘了所有的顧慮，興高采烈地跟他去廚房看龍蝦。

牠們在水槽裡奄奄一息，美麗的藍綠外殼也失去寶石般的光采，死亡的灰色沙紙似乎磨去了應有的顏色。Bébé好奇地伸出手觸弄，以爲行將就木的龍蝦竟奮力甩身，若不是雙螯都綁得緊緊的，她的手指肯定被死命夾住。那一剎那，龍蝦的眼又油亮了起來，漆黑晶亮的光澤如閃電鍍過整個甲殼。

她縮回的手指又伸了出來。眞是虎落平陽被犬欺，龍蝦再怎麼惡狠狠地瞪她，就是伸展不開利器給她教訓，只能任她玩弄凌辱。丹尼爾從背後抱住她的腰，「小心，跟妳即將要殺的對象有了情感上的牽扯，妳就下不了手。」

「你打算怎麼下手？」

丹尼爾深深地凝視著她，「用最殘忍的方式，親愛的。」他指著已經拿出來的蒸鍋，「讓牠們在熱蒸氣裡慢慢痛苦地死去，瞧！」他掀起玻璃的鍋蓋，「妳可以仔細欣賞行刑室裡每一個掙扎的過程。」

Bébé無法再看龍蝦一眼。之前欺負牠們的心思不再，她怕一回頭看到牠們的眼睛，待會眞的會吃不下。當鮮紅的龍蝦端上桌時，她自欺地安慰自己，顏色不一樣了，這不是我剛才認得的那兩隻。

龍蝦還未入口，濃厚的奶香先行入鼻。丹尼爾準備了檸檬奶油做沾醬，但那龍蝦肉竟然不須奶油提味已帶著乳脂的香醇，不加鹽就有牠醍醐的鮮味；眞是增一分太肥減一分太瘦，穠纖合度的美人。

「所以說上好的材料根本不需要特別的烹調，最簡單最能吃出原味的，是最好的作法。」丹尼爾如是說。「妳看這肉的彈性嚼感，死龍蝦根本沒得比。」

Bébé嘴裡塞滿龍蝦說不出話，只能亮著同意的眼點頭。丹尼爾爲她倒酒，要她試試這配龍蝦畫龍點睛的Chablis。他舉杯對她微笑，「敬最佳拍檔！」

Bébé舉杯回敬，「敬辛苦的大廚師！感謝你美好的晚餐。」

「敬敬這不得好死的龍蝦吧，」他說，「感謝人類無所不及的慾望，讓我們毫無罪惡地享樂墮落，在別人的痛苦裡沉溺歡愉。」

Bébé不明白丹尼爾爲何總能適時在最美好的場景講出最毛骨悚然的話。他是個虐待狂嗎？是否有什麼奇怪的性癖好？爲什麼他總不讓她高高興興吃完一頓飯？

她跟手裡的鉗子掙扎了許久仍不見起色，手指差點被夾住，就是夾不碎那頑固的硬殼。丹尼爾從她手中接過螯爪，三兩下就剝開，取出一隻完整漂亮的螯肉。她伸手撲了個空，他得意地笑著，把它晃在她面前：「過來，我餵妳。」

「不要。」她扭著頭，惱怒他老是這樣逗她。

「不要？這是最棒的部分，妳不要？」他從餐桌那一頭走過來，「不得好死的龍蝦要哭了。」他拿著那隻腳勾著她V字領口露出的乳溝，「看，這裡有個好地方可以收集龍蝦的眼淚。」他隨手在她胸口一抹，把那隻鉗子塞進那張嘟起的嘴巴。

丹尼爾在廚房洗碗時，Bébé在他臥室打轉，心裡滿是疑惑不解。他床頭掛了張夏戈爾風格的油畫，有個巨大的牛頭懸在空中，俯瞰地平線上婆娑起舞的妙齡少女。

也許他真是變態。他怎麼能這麼與她肌膚相親又這樣把持得住？他到底想要的是什麼，爲什麼不像其他男人那樣乾脆地撲過來，喘著氣扯下她的衣裳，把她壓到地上？

「在看什麼？」他不知何時來到她身後。

「那是什麼？」她指著床頭的畫反問。

「那是男人的獸慾，親愛的。」他看著她笑，「這是做愛用的小道具，女人看了都很興奮的。」

兩人四目相望，沉重的呼吸聲盪在空氣之中。

內臟

其三　牛肚

Bébé還是忍不住把實情告訴賽西兒。事情的演變超出她簡單的想像，憋了滿肚子的祕密需要發洩，她也需要個狗頭軍師拿主意。

「他沒有碰妳？都在他床前了，而且你們還在講做愛的事？」

Bébé搖搖頭。「妳能相信嗎？到家了菲力普還沒回來，像個笨蛋似的。我出去的理由都想好了，也沒有機會用上。」

「不要見他了。這個傢伙不是不舉，就是同性戀，故意耍妳的。有時候長得太漂亮的男人多少有點病。」

那天回去Bébé上吐下瀉，把菲力普嚇壞了。結果是食物中毒，禍根是她和賽西兒午餐的蘋果酒燉牛肚。不是牛肚不乾淨，就是那蘋果酒有問題，怪的是賽西兒竟然一點事都沒有。

Bébé在床上躺了兩三天，正好把丹尼爾的事從頭到尾複習好幾遍。賽西兒說得沒錯，這傢伙有問題，從認識他開始一切都不順利；那天吃了他的諾曼第龍蝦，一肚子慾求不滿地回來，徹夜無眠。連這次的諾曼第蘋果酒和牛肚，都像是沾上了他的楣氣，把她折騰成這個樣子。

像賽西兒那樣的女人也許對他免疫吧，她一看苗頭不對馬上見風轉舵，不會給諾曼第病毒有機可乘。

畢竟蘋果跟蛇（帶著蛇紋的牛肚？）相對於引誘，也要是願者上鉤。

床頭電話又響了，是丹尼爾。

她還是沒有辦法摔電話叫他滾蛋，即使這傢伙可能是性無能或同性戀。

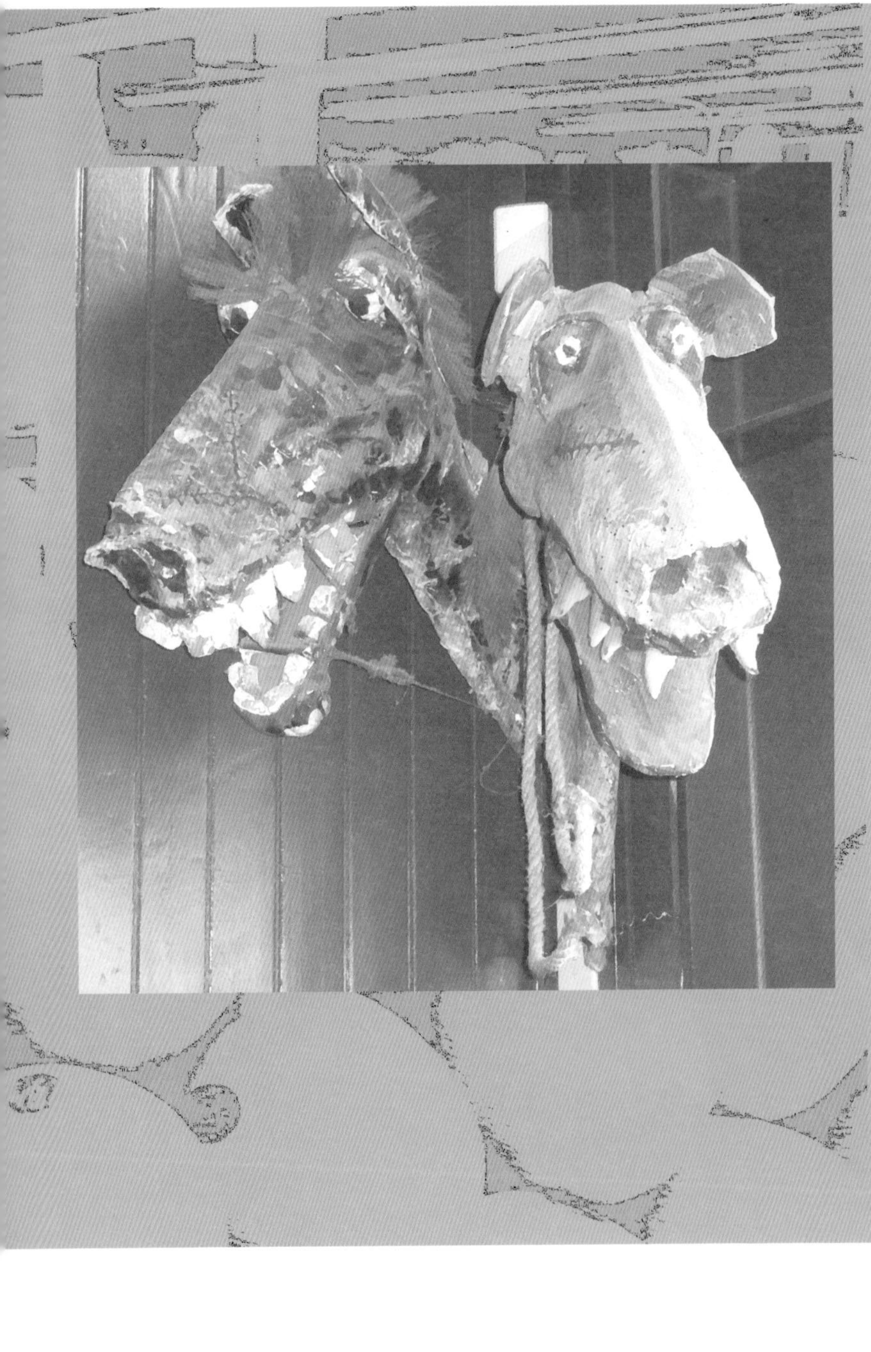

其四　鴨肉

菲力普必須到南部出差幾天，對大病初癒的嬌妻實在不放心，Bébé拚死拚活勸阻，他才沒叫老媽住進來照顧她。

Bébé在健身俱樂部前和丹尼爾碰面。看他穿著件汗衫走出來，微笑的臉還漲紅著，未乾的汗水貼在身上，散發著性感無比的氣息，覺得從來沒這麼虛弱過，栽在他手裡她也認了。

「我餓死了，我們吃什麼？」

「吃你！」她心裡這麼想著，始終沒有勇氣說出口。

「北京烤鴨好不好？突然很想吃，妳知道什麼好地方嗎？」看她不說話，他率先提議。

她帶他繞到香榭里舍的小巷裡，那些台灣商人曾經帶她去過，一家走高級路線而值超所物的中國餐廳。

「近來好嗎?」他問她,眼裡有著少見的溫柔,不似平時的惡謔。

「不好,因爲沒有辦法忘記你!」很想不顧一切地大喊出來,但她只能呆呆盯著他唇上鴨油的餘漬出神;他的唇竟有這麼大的魔力,連點在上面肥鴨的脂肪都絢麗起來,望進閃爍的油光中,是她自己痴心的倒影。而他,那麼專心一志啃著鴨腿,是一個美食的歡愉包裹起來的小小星球,咫尺天涯,任她望斷秋水也渾然不知。

她告訴他前幾天病了。「整個人虛脫在床上好幾天,什麼事也不能做。」

「哦?妳平常就做了什麼事嗎?」

她正把一片鴨皮沾醬裹進包子裡,聽到這話鴨皮失手跌進醬泥,瞬時淹沒,屍骨無存。她丟下筷子瞪著他,之前他眼裡的溫柔消失無影,還是那副促狹的老樣子。

一定是她看錯了,這男人有什麼時候不存心氣她的?

「去跳舞吧!十五區新開了一家聽說不錯,要不要去看看?」

Bébé已經忘記上次進舞廳是什麼時候。菲力普不喜歡跳舞,他雖然配合度高,還願意勉強自己陪老婆下海壓地板，跟他出來玩實在沒什麼樂趣。她已經好久沒有這樣放肆地扭動狂舞，讓四周的男人涎著她蛇也似浪蕩的軀體，被四散的長髮掃到，心醉又心懼，好像那是梅杜莎的蛇髮，有攝走他們魂魄的妖術。

丹尼爾也沉默了。他在舞池裡搖擺的身影一直是女孩們注目的焦點，甚至有好幾個根本無視於Bébé的存在，大膽舞過來用身體磨著他，期盼在這親密的接觸裡能激起一點火花。但他眼裡的火花是隨著Bébé燃燒；終於，在她筋疲力盡倒下之前，把她緊緊擁在懷裡。

慢舞上得正是時候。Bébé整個人黏在丹尼爾身上，沒有一絲力氣可以拔開。她閉著眼，面頰貼著他的面頰，感覺他的呼吸唇息盤旋在她耳根，細細地廝磨。他的手臂夾著

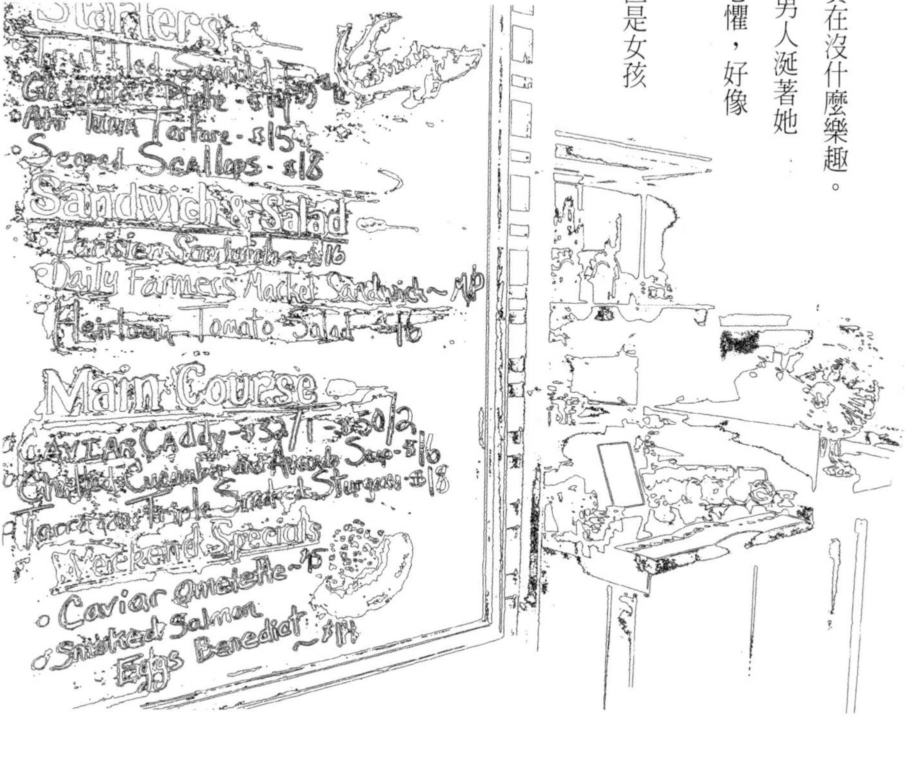

MARKET
ONE
WAY

她的腰，兩隻手掌貼著她臀部，像是在瓷窯裡拉胚，要拉出隻青花瓷瓶那樣全神凝注地拿捏。她在微醺之中轉過頭來，第一次主動熱切地吻著他：在她四周游移的光影像破鏡片片碎落，她被吸入鏡子裡，吻著鏡花另一面被吸過來的自己。

回到丹尼爾的車上，兩人出神地凝視車窗裡自己與對方的影子。出了舞廳溫度驟降，車裡還有幾分餘冷。Bébé拉起前座的安全帶，金屬扣環卡進槽溝的聲音提醒她，今晚，就到此結束了。

在她會過意之前，丹尼爾迅速把她座位放倒，從前座的另一邊掠到她身上來了。她在迷亂與動彈不得中，看他拉下洋裝的肩帶，把手伸進她胸罩裡。她看著自己的乳頭落入他口中前，在空中彈跳了千萬分之一秒。她嘴唇微張，擦著丹尼爾金色的捲髮，雙腿在他愛撫下分開，隨著情慾的呼喚潮漲。

但是丹尼爾竟在這時撤手。他抬起頭來輕吻她的唇、額頭，又把她座位扶起，回到他的位子發動引擎，準備離去。

她不敢相信地伸手向他褲襠，都到這節骨眼，她總有權利知道怎麼一回事吧！

丹尼爾擋住她的手，「我喜歡妳，Bébé，但是問題不在那裡。」

「你到底要怎麼樣？」她問，淚水已經在眼眶。

「我的價錢很貴的，小姐。」

「什麼？」她還是不清楚。

丹尼爾轉身看著她：「妳不會眞以爲我是搞電腦工程的吧？」看她無語，他接著說，「妳能想像我每天坐在電腦桌前十幾個小時，浪費生命賺一些小錢嗎？」

她開始明白他說的是什麼，前幾日病容的蒼白再回到臉上，嘴唇在冷汗裡顫抖。「自私自利、享樂主義的Bébé，我們是同一個壞模子裡鑄出來的。」他摸著她的臉，「妳要知道，向來只有女人幫我付錢的份。而這個……」他諷刺地笑笑，「從來不是免費的。」

Bébé一句話都說不出，她只是失神地任丹尼爾把她還裸露的胸仔細收進去，衣服扣好。他吻著她的頰，低聲地，「我知道妳買得起，但是不會賣給妳。」

Bébé抬頭看著他，他的聲音又恢復平日的戲謔，「可以賣給別人，但不會是妳。」他的眼裡同時有著溫柔與惡意，最後，還帶著一絲憐憫。

Bébé無視於自己面前的燻鴨胸蘋果沙拉，只是機械式盯著菲力普把他的燻鴨肉叉進嘴裡，津津有味地嚼著。菲力普的嘴唇因缺乏滋潤而乾澀著，表皮斑斑駁駁，沒有什麼油光可以映出她行屍走肉的臉。

菲力普出差回來發現老婆又病了，不禁自責當初還是應該不顧她反對，要母親來照顧她的。遲來的婆婆做她愛吃的橙汁鴨肉、龍蝦沙拉，還是提不起她的胃口。貧血、食慾不振、輕度憂鬱，都是懷孕初期正常的現象，醫生表示沒什麼好擔心，注意營養，好好休息就是了。

菲力普看著Bébé，那麼嬌弱地癱在床上，心裡著實心疼。他知道她會好起來的。每隔一陣子，Bébé就會鬧一次憂鬱，再怎麼嚴重，她的恢復力總是很強。說實在地，她沒有懷孕都比現在會無理取鬧——也許正因爲她不吵不鬧，所以才令人擔心。

結婚五年，她還是當初他所愛上，那個帶著少女天眞與迷惘的小寶貝。肚子裡的孩子日日夜夜在成長，但她永遠都長不大——也因此無從變老。

FIN

INK PUBLISHING 文學叢書 190

愛無饜

作　　者　林郁庭
繪　　者　歐笠嵬
總 編 輯　初安民
責任編輯　陳思妤
美術編輯　鍾思音
校　　對　陳思妤　林郁庭

發 行 人　張書銘
出　　版　INK印刻文學雜誌出版有限公司
台北縣中和市中正路800號13樓之3
電話：02-22281626
傳真：02-22281598
e-mail : ink.book@msa.hinet.net
網　　址　舒讀網http : //www.sudu.cc

法律顧問　漢廷法律事務所
劉大正律師
總 代 理　展智文化事業股份有限公司
電話：02-22533362・22535856
傳真：02-22518350
郵政劃撥　19000691 成陽出版股份有限公司
印　　刷　海王印刷事業股份有限公司

出版日期　2008年6月 初版
ISBN　978-986-6631-01-6
定價　320元

國家圖書館出版品預行編目資料

愛無饜 / 林郁庭著、歐笠嵬(Oliver Ferrieux)圖.
－－初版.－－台北縣中和市：
INK印刻文學,2008.06 面； 公分.--
（文學叢書；190）
ISBN 978-986-6631-01-6（平裝）

857.63　97005140